KB263607

天竺記
천축기
1

天竺記
천축기
강용호 · 이상호
글/그림
1

두리미디어
DURI MEDIA

 **머리말**

고전과 판타지의 새로운 시도, 천축기

『천축기』는 중국사대기서中國四大奇書의 하나인 서유기西遊記를 각색한 것으로 원작과 다른 새로운 재미와 느낌을 주기 위해 오리엔탈 판타지의 장점을 최대한 살려 만든 것입니다. '천축天竺'은 석가모니 부처님이 계신 극락세계를 이르는 말로 서유기에서 손오공 일행의 최종 목적지입니다. 그렇기 때문에 새롭게 쓴 판타지 서유기의 제목으로는 '천축기天竺記'가 가장 적합할 것이라고 생각했습니다.

손오공孫悟空이 중국사대기서의 하나인 서유기의 주인공이라는 것을 모르는 사람은 별로 없을 것입니다. 필자들도 어린 시절 꽤나 두껍던 서유기를 밤새 뜬눈으로 읽었던 기억이 있습니다. 하지만 어른이 된 나이에 다시 읽어 본 서유기는 신비로움과 낭만이 가득

한 소설만은 아니었습니다. 오랜 세월 대중에게 서유기가 사랑 받았던 진짜 이유가 그 본래의 주제에 있음을 새롭게 깨달았기 때문입니다. 책은 재미와 흥미가 있어야 하지만 그 속에 반드시 철학도 있어야 한다고 생각합니다. 사실 『천축기』를 만들기로 결정한 이유 중 하나가 바로 서유기 속에 조상들로부터 배워야 할 중요한 생활의 지혜와 훌륭한 인생관과 세계관이 마치 보물처럼 담겨져 있기 때문입니다. 이런 소중한 정신들을 고전의 형식 그대로 담아 낼 것인가 아니면 전혀 다른 판타지로 담아 낼 것인가 하는 것이 문제였으나 결국 고민 끝에 기본적인 이야기를 바탕으로 하여 각색하고 새로운 이야기도 추가하기로 결정하였습니다.

요즘은 판타지 장르의 수많은 작품들이 나와 대세를 이루고 있습니다. 이 많은 작품들이 어떤 가치를 내세우며 발표가 되고 선을 보이는지는 다 알 수 없지만 거의 대부분 마법사와 엘프, 오크들이 나오는 유럽의 전설들이 주를 이루고 있습니다. 하지만 『천축기』는 중국의 고전인 서유기를 바탕으로 우리나라의 정서를 담아 점점 잊혀져 가는 동양의 정신을 가치로 내세우고자 합니다. 수많은 판타지 작품들 중에 서양이 아닌, 바로 우리가 사는 동양의 문화가 느껴지는 작품이 있어야 함을 절감했기 때문입니다.

『천축기』는 서유기와 같이 천축으로 불경을 구하러 가면서 온갖 난관을 헤쳐 가는 내용으로 짜여져 있지만 이야기 구조는 다소 다릅니다. 서유기가 각각의 다른 이야기들이 단편적으로 마치 하나씩 고개를 넘어가는 식으로 되어 있다면, 이 책은 하나의 큰 산을 목표로 하여 얽히고설킨 이야기들이 짜임새 있게 전개되는 식으로 꾸몄습니다. 그리고 이야기를 이끌어 가는 주인공인 손오공 이외에 현장, 저팔계, 사오정 등이 기존의 인물들보다 각자의 개성이 충분히 드러나도록 표현하려고 노력했습니다.

또한 『천축기』에는 독자들에게 효과적으로 내용을 전달하기 위해 펜으로 그린 삽화들을 넣었습니다. 이런 방식의 작품 형태를 구상하게 된 것은 표현의 폭을 넓히려는 시도에서 나왔습니다. 이 책은 근본적으로 판타지 소설이지만 '만화' 라는 형식의 장점과 '소설' 이라는 형식의 장점을 적절히 조화시킨 작품입니다. 만화와 영화 등의 시각적인 자극에 익숙한 독자들에게 가까이 다가가면서도 그것보다 훨씬 더 많은 이야기들을 전해 주고 싶은 소망이 있었기 때문입니다.

"왜 펜화를 선택했냐?"고 묻는다면 책에 가장 어울리는 그래픽은 펜화라는 생각에서였습니다. 펜화는 삽화로 사용되었을 때 다른 그래픽들보다 형태가 뚜렷하고 자연스럽고 익숙한 느낌을 주는 그림입니다. 아크릴이나 수채 등의 컬러도 칠해 보고 컴퓨터 그래픽도 사용해 보았지만 펜화처럼 글과 어우러져 안정적이면서도 역동적이고 세련된 느낌을 얻을 수는 없었습니다. 『천축기』에는 이런 동양적 펜화가 들어간 삽화가 풍부하여 그 읽는 맛을 한층 살려 낼 것입니다.

독자 여러분들께 『천축기』라는 오리엔탈 판타지를 선보이게 되어 정말 기쁘게 생각합니다. 그리고 펜 아트 노블Pen Art Novel이라는 생소한 장르를 소개하면서 좋은 책을 만들기 위해 노력한 두리미디어 식구들의 애정과 열정에 감사합니다. 손오공이라는 인물이 비록 가상의 존재일지라도 여러분들이 손오공 일행과 함께 모험을 떠나는 동안만이라도 힘들고 지친 일상에서 잠시나마 벗어나 긴장을 풀고 휴식을 취할 수 있기를 바랍니다.

2006년 7월 수유리에서
장용호, 이상호 드림

 # 차례

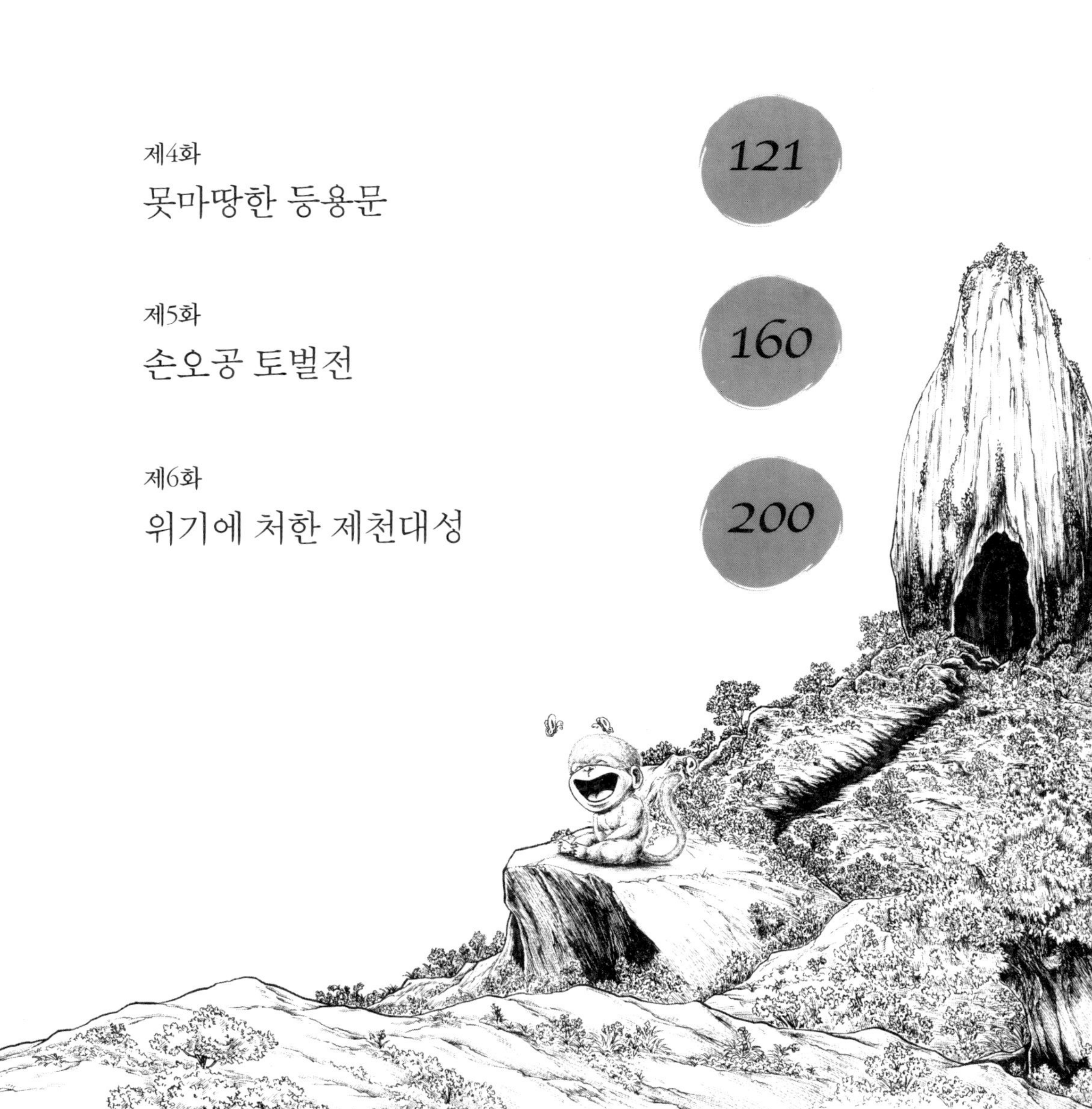

제1화

화과산의 돌원숭이

옛날, 아주 오래된 아득한 옛날, 석가 이래 천상천하유아독존天上天下唯我獨尊을 외치며 산 사람은 물론이요, 무덤 속 망자들까지 고생시켜 세상을 혼란 속에 떨어뜨린 망령 난 원숭이 신선 하나가 있었으니, 지금부터 펼쳐지는 이야기는 바로 그 망령 난 원숭이 신선이 원천우인怨天尤人하는 마음 품고 세상을 뒤흔든 파란만장하고도 기구한 일대기이다.

일찍이 반고盤古가 천지개벽을 알리자 세상은 동승신주東勝神洲, 서우하주西牛賀洲, 남섬부주南贍部洲, 북구노주北俱蘆洲라는 사대부주四大部洲로 나뉘게 되었는데 그 중 동승신주에는 오래국傲來國이란 나라가 있었다. 이 오래국에는 아름다운 명산의 하나인 화과산華

果山이 있었고 그 산마루에는 태고 때부터 내려오는 기이하게 생긴 돌 하나가 우뚝 서 있었다. 그 돌에 대한 자세한 내력은 알 수 없으나, 다만 어떤 이유에서인지 하늘이 세상을 만들면서 이 돌도 세상과 함께 만들어 존재시켰다는 것뿐 알 수 있는 것이 없었다. 그저 이 돌의 외면을 살펴보면 높이만도 무려 세 장丈 여섯 자字 다섯 치値가 넘었고, 둘레 또한 두 장 넉 자 이상이었으며, 돌 위에는 특이한 아홉 개의 작은 구멍과 여덟 개의 큰 구멍이 뚫려 있는 어마어마한 큰 돌덩어리라는 사실만 알 수 있었다. 시간은 흐르고 흘러 세상이 뒤바뀌기를 오래도록 지나자 어느덧 해와 달의 정화를 끊임없이 받던 이 돌덩어리는 차츰차츰 영기靈氣를 지니게 되는가 싶더니 결국 태기胎氣를 가지게 되었다.

그러던 어느 날, 갑자기 이 돌이 쩍 소리를 내며 좌우로 갈라지더니 그 속에서 동글동글 작고 귀여운 새알 모양의 돌 하나가 톡 튀어나왔다. 이 귀여운 돌은 또다시 향기롭고 따스한 바람을 맞더니 그 안에서 조그만 원숭이 한 마리를 뱉어 내었다. 긴 잠 속에서 깨어난 조그만 원숭이는 길게 하품을 하며 기지개를 켜더니 이리저리 몸을 뒹굴거리다가 자리에서 일어서려고 하였다.

'비틀~ 비틀~ 비틀~' '털썩! 풀썩!' '데굴데굴'

세상에 구경 나온 지 얼마 못된 탓에 팔다리의 힘이 고르지 못했던 돌원숭이는 앞으로 넘어져 풀밭에 얼굴을 처박고 뒤로 자빠져 나뒹굴기를 수차례 반복하였다. 반나절이 지나자 비로소 두발로 땅을 디디고 설 수 있게 되었다. 홀로 땅을 딛고 일어선 조그만 돌원숭이가 제일 첫 번째로 한 일은 도토리만한 작은 두 손을 포개어 이마에 대더니 자신을 낳아 준 하늘과 땅을 향해 큰절을 올리는 것이었다.

시작을 알리는 동, 행함을 말하는 남, 마침을 울리는 서, 잠든 자의 휴식을 위한 북. 이렇듯 네 방위의 뜻을 알고 참배參拜를 올리는 어린 원숭이를 보고 하늘은 너무도 예쁘고 대견스러워 하늘 가득 드리웠던 층층 구름을 걷어 따사롭고 포근한 햇살을 내려 주었고 이에 상응하듯 대지 또한 푸른 잔디 가득 향기로운 꽃들을 피우며 성스러운 나무마다 싱그러운 과일들을 맺어 주니 향기 따라 형형색색 고운 나비 몰려드는가 하면 싱그러운 열매 찾아 고운 노래를 불러대는 새들이 모여들어 어린 원숭이의 탄생을 축복해 주었다.

이처럼 하늘과 땅의 큰 축복을 받으며 태어나게 된 작은 돌원숭이는 한동안 그대로 풀밭에 주저앉아 따듯한 햇살과 시원한 바람, 그리고 새들의 고운 노랫소리를 들으며 체내 가득 기운을 머금더니 이내 고개를 쳐들어 파란 하늘 향해 두 눈을 번쩍 떴다. 순간! 눈부신 금빛 두 줄기 광채가 뻗치더니 삽시간에 짙게 드리운 창공을 찢고 올라가 하늘 궁전의 관청 기둥에 가서 '떵!' 하니 꽂혔다. 금빛 광채 들이 박힌 그곳은 인간 세상의 질서를 관장하는 또 다른 세계인 하늘나라이자 가장 높고 성스러우며 인자한 옥황대천존玉皇大天尊이자 현궁고상제玄穹高上帝로 불리는 분이 계신 곳이었다.

이날 옥황상제는 인간세상을 돌보던 고된 업무를 놓고 관청 기둥 옆 야외 의자에 앉아 향긋한 차를 마시며 유유자적 여유를 즐기고 있었는데, 그만 난데없는 금빛이 치고 올라와 관청 기둥을 뒤흔드니 혼비백산 놀라 땅바닥에 나뒹굴고 말았다. 몇겁 년의 세월을 살아온 옥황상제였지만 생전 처음 겪는 일에 크게 당황한 나머지 나이를 잊은 채 쏜살같이 줄행랑을 쳤다. 멀찌감치 도망친 그분은 아직도 흔들리는 기둥을 보며 차분히 호흡을 가다듬더니 서둘러 금궐운궁金闕雲宮 영소보전靈霄寶殿으로 나아가 하늘의 여러 신선들과 벼슬아치들을 불러들였다.

영소전에 모여든 벼슬아치들 중에는 천리를 내다보는 천리안千里眼과 귀가 밝은 순

풍이順風耳라는 두 장군이
있었는데 옥황상제는 그 두
장군을 보자 지극히 차분하고
근엄한 어조로 이렇게 명령하
였다.

"짐이 조금 전 관청에서 차를
마시던 중 느닷없이 남천문南天門을 치
솟고 올라온 두 줄기 금빛 때문에 하마터면 심장이 멎는 줄 알았느
니라. 이에 경들은 곧장 남천문으로 나아가 짐을 놀래킨 그 요망한
금빛의 근원을 알아 오도록 하라."

옥황상제의 명령을 받은 두 장군은 서둘러 남천문으로 나아가 그
금빛의 근원을 알아 낸 후 다시 살펴본 그대로를 복명復命하였다.

"폐하, 금빛의 근원을 살펴보고 돌아왔나이다."

"그래, 그 금빛이 어디서 나온 것이더냐?"

"그 빛은 동승신주의 바다 동쪽 오래국에 있는 화과산에서 나온
것이었습니다. 그곳에는 태고 때부터 신령한 돌이 하나 있었는데,
어떤 이유에서인지 그 돌이 깨어지면서 작은 돌원숭이 한 마리가
태어났습니다. 그 작은 돌원숭이가 두 눈을 뜨자 금빛이 뿜어지면
서 하늘까지 닿았던 것입니다. 그 금빛의 근원은 그 작은 돌원숭이
의 두 눈이었습니다."

두 장군으로부터 돌에서 생명이 태어났다는 기이한 이야기를 듣자 모든 벼슬아치들은 놀랍고도 신기한 나머지 서로 얼굴을 마주보며 쑥덕거리기 시작했다. 원숭이에 대해 궁금해진 옥황상제는 두 장군에게 물었다.

"그대들이 본 그 작은 돌원숭이는 어떻게 생겼더냐?"

천리안이 한 발 나서며 대답하였다.

"그 작은 돌원숭이에 대해 말씀드리겠나이다. 생김새는 여느 원숭이들과 별반 다를 것은 없어 보였습니다. 그래서인지 곧 스스로 걷고 이리저리 뛰어 놀 줄 알아 배가 고프면 산에 올라가 과일과 풀을 뜯어 먹고 목이 마르면 샘물을 마실 줄 알고, 또한 낮에는 산마루의 동굴 속을 돌아다니며 꽃을 따서 놀고 밤에는 벼랑 밑에서 잠을 자곤 합니다."

대답을 듣고 난 옥황상제는 너털웃음을 지어 보이며 말하였다.

"아래 세상의 물건은 곧 하늘과 땅의 정화에 의해 생겨나는 것이고 하늘이 필요해서 만든 것이니 이상하게 여길 것은 없도다."

모든 신들이 수긍하여 대답하니 그렇게 하늘세계의 하루는 오래국 화과산 돌원숭이에 대한 기이한 이야기로 끝맺음을 지었다.

한편, 하늘세상의 하루는 인간세상의 일년인지라 그간 하계에 살고 있는 작은 돌원숭이도 일년이라는 시간이 지나면서 어느새 새끼 원숭이 티를 말끔히 벗어 던졌다. 키도 부쩍 크고 몸도 자유롭게 놀릴 수 있을 만큼 성장한 돌원숭이는 왕성한 호기심을 달래고자 날마다 화과산의 이곳저곳을 구경 다녔다. 예쁜 꽃을 보면 그 위에서 뒹굴고 둥지 속 알을 발견하면 득달같이 쫓아 올라가서 알을 털거나 굶주린 범과 마주치면 주저 없이 돌을 던지고 도망치기 일쑤였다. 그러던 어느날 우연히 자신과 똑같은 모습의 원숭이들을 만나 그 무리 속에 뒤섞여 살게 되니 그제야 위험하게 떠돌던 생활을 청산하고 서로를 의지하며 살아가는 법을 배우기 시작하였다.

불볕 쨍쨍 내리쬐던 날, 돌원숭이를 비롯한 여러 원숭이들은 찌는 듯한 무더위를 식히고자 커다란 개울가에 모여 첨벙첨벙 시원한 물놀이를 즐기고 있었다. 이리 풍덩 저리 텀벙 재주를 넘고 물장구를 치며 한바탕 신나게 놀던 돌원숭이는 불현듯 무슨 생각이 들었는지 허리까지 감싸고 흐르는 물을 손바닥으로 첨벙첨벙 내려치며 소리쳤다.

"이 물이 어디서 흘러오는지 너희들 중에 아는 놈이 누구 있냐?"

놀던 것을 멈춘 원숭이들은 서로를 마주보며 고개를 절레절레 저을 뿐 대답하는 놈은 아무도 없었다. 이에 돌원숭이는 잠시 생각에 빠져 고개를 갸웃거리더니 이내 물이 흘러오는 방향을 가리키며 말하였다.

"애들아, 모두들 할 일도 없는데 물이 어디서 흘러오는지 구경이

나 가 보자. 거기에 뭐가 있는지도 보고 좋은 것이 있으면 그곳에서
또 한바탕 신나게 놀아 보자꾸나."

돌원숭이가 물살을 거스르며 신나게 앞장서 올라가자 다른 원숭
이들도 텀벙거리며 덩달아 따라 올라갔다. 마침내 물이 흐르는 시
작점까지 거슬러 올라와 보니 그곳에는 한 줄기 커다란 폭포가 쏟
아져 내리고 있었는데 그 소리가 어찌나 시원하고 웅장하던지 원숭
이들은 너무 기뻐 손뼉을 치고 재주를 넘으며 환호성을 질러댔다.

"야호! 굉장히 멋진 폭포로구나!"

왁자지껄 떠들어대는 여러 원숭이들을 보던 돌원숭이가 폭포 반
대편 절벽을 가리키며 말하였다.

"여기서 이럴 것이 아니라 아예 저 건너편으로 올라가 보자꾸나?
그럼 폭포가 더 잘 보일 테니 말이야."

"좋아! 좋은 생각이야. 네가 말했으니 네가 앞장서거라. 우리는
뒤따를 테니."

여러 원숭이들이 찬동하고 나오자 돌원숭이는 무리를 이끌고 폭
포 반대편 절벽으로 올라갔다. 절벽 위로 올라온 원숭이들은 반대
편 쏟아지는 폭포를 보고 갑자기 온몸을 와들와들 떨며 잔뜩 긴장
하니 이는 밑에서 바라보던 웅장함과 시원함은 오간 데 없이 사라
지고 마치 승룡昇龍이 되기 위해 천년 잠을 자던 이무기가 때 아닌
인기척에 놀라 승천 못한 원한을 풀려고 꿈틀꿈틀 굴 밖으로 뛰쳐

나오는 것만 같았기 때문이었다. 희뿌연 물안개 속을 뚫고 자신의 천년 바람을 무너뜨린 하늘과 인간들을 원망하며 울부짖듯 쏟아져 나오는 폭포를 바라보고 있으면 있을수록 원숭이들은 떨려 오는 두려움을 어쩌지 못해 옹기종기 모여 눈물까지 뚝뚝 떨어뜨리고 있는데 이를 지켜보던 돌원숭이가 성큼 한 발 앞으로 나서더니 폭포를 가리키며 큰 소리로 외쳤다.

"울지 마라! 울어 봤자 두려움만 더할 뿐이다. 이런 좋은 곳을 두고 그냥 돌아서는 일은 미련한 짓이지! 차라리 우리 중에 누가 저 무서운 폭포 속으로 뛰어 들어가 무서운 괴물이 사는지, 폭포는 어디서부터 나오는 것인지, 또한 우리가 들어가서 놀아도 되는지, 혹은 위험한 것은 없는지 살펴보고 올 용감한 영웅을 뽑는 게 어떻겠느냐?"

여러 원숭이들은 훌쩍거릴 뿐 서로 눈치만 보며 감히 나서는 자가 없었다. 그러자 이빨이 몽땅 빠져 입가 가득 주름이 자글거리는 나이 많은 성성이 하나가 앞으로 나서더니 툭 튀어 나온 입을 오물거리며 이렇게 말하였다.

"좋은 생각이다, 좋은 생각이야! 누구든 우리들을 위해 그런 용기를 내는 영웅이 있다면 우리들은 그에게 합당한 대가로 왕의 자리를 주고 그를 평생 받들어 모시는 것이 좋겠다."

이에 여러 원숭이들이 찬성하고 나오자 돌원숭이가 기렸다는 듯 훌쩍 뛰어나와 가슴을 팡팡 치며 소리쳤다.

"그렇지! 바로 그거야! 그런 용기 있고 잘난 영웅이 여기 계시지!
이 몸이 들어갔다 올 테니 모두 비켜서라!"

　말을 끝내기 무섭게 긴 꼬리를 돌돌 말아 올린 돌원숭이는 땅이
꺼질 듯 쏟아지는 벼랑 건너편 거친 폭포 속을 향해 쏜살같이 뛰어
들어갔다. 단숨에 폭포 속을 뚫고 들어온 돌원숭이는 질끈 감고 있
던 두 눈을 번쩍 뜨고 폭포의 근원을 찾고자 주위를 두리번거렸더
니 좌측에 잔잔한 물이 가득 들어찬 커다란 웅덩
이 하나가 눈에 들어왔다.

그곳에 고인 물이 밖으로 쏟아지면
서 사납고 거친 폭포를 이루었던
것이다. 허나 그것이 물
의 원천이 아니라고
판단한 돌원숭이는

계속 두리번거리며 동굴 안을 향해 걸어 들어갔다. 물줄기를 따라 얼마를 걸어 들어가다 보니 철로 된 다리 하나가 놓여 있는 것이 보였는데, 물의 근원은 바로 그 다리 밑 바위 사이에 벌어져 있는 작은 틈새였다. 그 틈새를 뚫고 나온 물이 다리 밑을 흘러 큰 웅덩이로 고였다가 넘쳐 흐르면서 폭포를 이루고 있었던 것이었다.

돌원숭이는 다시금 동굴 속 내부를 살펴보려고 철로 된 다리 위로 올라갔다. 다리 위에 올라서서 바라본 동굴 내부는 다리 밑에서 보던 것과는 전혀 다른 별천지였는데, 신령한 대나무며 아름다운 매화꽃이 가득 피어 있었고, 푸르고 푸른 소나무들이 씩씩하게 자라있었다. 이를 보자 감격이 북받쳐 오른 돌원숭이는 흥분되는 마음을 가라앉히지 못해 이리저리 팔딱팔딱 뛰며 안으로 달려 들어갔다. 한데 무턱대고 안으로 달려 들어오다 보니 생각지도 않았던 사람 사는 돌집 한 채가 떡 하니 버텨 서 있는 것이 아닌가! 기고만장 호들갑을 떨어대다가 소스라치게 놀란 나머지 미끄러지듯 멈춰 서서는 작은 주둥이를 연방 놀려대기 시작하였다.

"젠장, 젠장! 뭐야, 뭐야, 이게 뭐야! 누가 살고 있는 곳이었단 말이야? 아무도 살지 않는 곳인 줄 알고 막 들어왔는데."

작은 돌원숭이는 왠지 얻었다 빼앗긴 느낌 때문에선지 돌집을 바라보며 아쉬운 눈빛을 보내며 쉽게 미련을 떨쳐버리고 돌아서지 못하다가 급기야 이런 생각을 품게 되었다.

"이대로 나간다면 밖에 있는 식구들이 날 우습게 볼지도 몰라. 잠시 어디 숨어서 동태를 살펴보다가 만만한 놈이 나오면 적당히 두들겨 패서 내쫓고 무서운 놈이 나오면 눈치껏 달아나야겠다."

돌원숭이는 이리저리 몸 하나 숨길 만한 곳을 살피다가 옆에 서 있는 소나무를 발견하고는 번개같이 그 위로 뛰어올라가 한참 동안이나 인기척을 살폈다. 하지만 오랜 시간이 지나도 사람의 모습이라고는 코빼기조차 볼 수가 없자 슬금슬금 나무에서 내려와 땅바닥에 납작 엎드려서는 조심스럽게 돌집을 향해 기어갔다. 그렇게 돌집 창문 앞까지 도착한 그는 혹시나 하는 생각이 남아 감히 문을 두드릴 엄두는 내지 못하고 창턱에 손을 짚은 채 까치발로 버텨 서서는 고개를 빠끔히 내밀어 눈알을 이리저리 굴려 집안 구석구석을 살펴보았다.

돌로 만든 솥, 돌로 지어진 부엌, 돌로 만든 그릇, 돌로 만든 침상, 돌로 만든 의자 등이 놓여 있었는데 사람의 흔적이라고는 눈을 씻고 봐도 찾아볼 수가 없었다. 다만, 창문 맞은편 벽에 돌로 만든 비석 하나 떡 하고 붙어 있었으니 비면에는 해서체의 큰 글씨로 '화과산복지 수렴동동천花果山福地　垂簾洞洞天'이라고 새겨져 있었다. 이런 텅 빈 좋은 집을 발견한 돌원숭이는 치솟는 흥분을 주체 못해 머리통에 벌침 박힌 원숭이 마냥 펄떡펄떡 꺅꺅 소릴 질러대며 동굴 밖으로 뛰쳐나갔고 그가 나오기 만을 눈 빠지게 기다리던 여러 원숭이들은 덩달아 방방 뛰고 비명을 질러대며 사방팔방 흩어져 달아나더니 이렇게 소리쳤다.

"뭐야? 무슨 일이야? 무슨 일인데 그렇게 호들갑을 떨어대는 거야! 왜 그래?"

"혹시, 무서운 요괴 같은 것을 봤니? 아니면 독충이나 뱀 같은 것에게 물렸어? 도대체 왜 그러는 거니?"

돌원숭이는 큰 소리로 깔깔거리며 대답하였다.

"신기하고 신기한 일이지. 아주 신기한 일이야!"

그 소리를 듣자 여러 원숭이들은 슬금슬금 다시 모여들었다.

"그게 무슨 소리니? 무엇이 신기하단 얘기니?"

"빨리, 빨리! 어서 빨리 말해다오. 왜 이리 뜸을 들이는 거니? 우리가 궁금해서 목이 빠져 죽겠구나."

돌원숭이는 머리를 힘차게 가로 저으며 대답하였다.

"요괴 같은 것은 없어! 저 쏟아져 내리는 폭포 속을 들어서면 처음 보이는 것이라곤 철판으로 된 다리 하나뿐인데 말이야, 그 철판 다리를 건너면 우리들의 보금자리로 쓸 만한 주인 없는 아주 좋은 살림집이 있더라고."

"그래? 그 주인 없는 집의 크기가 얼마만큼 크니?"

"족히 천 명은 넘게 들어가서 살 만큼 아주 널찍하고 아늑하지. 우리 모두가 그리로 들어가면 비바람의 시달림도 받지 않을 거야."

원숭이들은 모두 반색을 하며 재촉하였다.

"좋구나! 그럼, 어서 우리를 그곳으로 안내해 다오. 어서 빨리 앞장서 다오."

원숭이들의 아우성에 돌원숭이는 즉시 몸을 돌려 폭포 속으로 뛰어 들어가더니 큰 소리로 외쳤다.

"자, 어서 내 뒤를 따라오렴!"

용기를 얻어 폭포 속으로 뛰어 들어온 원숭이들은 돌원숭이를 따라 철판으로 된 다리 위를 지나서는 돌로 지어진 집까지 도착하였다. 아늑해 보이는 새 보금자리 앞에 도착한 원숭이들은 너무나도 기쁜 나머지 너나 할 것 없이 집안으로 뛰어 들어가 저마다 사발과 보시기를 차지하겠다고 난리를 치고 혹은 솥을 끌어안으며 빼앗기지 않겠다고 이리저리 도망 다니거나 저 혼자 침상을 독차지하겠다며 힘겨루기를 하는 등 시끌벅적 난장판을 벌였다. 이 꼴을 보고 있던 돌원숭이는 훌쩍 높은 의자로 뛰어 올라가더니 카랑카랑한 목소리로 소리쳤다.

"제군들은 약속을 잊었는가?"

일순간 시끄럽던 집안은 쥐죽은 듯 조용해졌다. 돌원숭이가 말을 이었다.

"너희들을 위해 용감하게 폭포 속에 들어갔다가 나오는 영웅을 왕으로 삼겠다고 약속했으니 이제 너희들은 그 약속대로 나를 왕이

자 위대한 영웅으로 받들어야 하지 않겠느냐."

그제야 모든 원숭이들은 나이 순서대로 줄을 맞춰 서더니 돌원숭이를 향해 큰절을 올리며 외쳤다.

"대왕님 만세! 우리를 이끌어 주실 용감한 대왕님 만세!"

이날 이후로 이 돌원숭이는 미후왕美猴王이라는 칭호로 불리게 되었고, 그날부터 많은 부하 원숭이들과 함께 야자술과 향기로운 과일들을 차려 놓고 온갖 향락을 누리며 행복한 시간을 보내게 되었다.

이렇듯 방탕한 생활에 빠져 지내기를 여러 해가 지난 어느 날, 여느 때와 다름없이 여러 원숭이들과 함께 즐거움을 만끽하던 미후왕은 뜬금없이 닭똥 같은 눈물을 뚝뚝 떨어뜨리자 이를 본 여러 원숭이들은 다급히 머리를 조아리며 물었다.

"미후왕께서는 무슨 이유로 눈물을 보이십니까? 무엇이 그리도 괴로워 울고 계신 것입니까?"

미후왕은 고개를 쳐들더니 속 끓는 심정을 토로하듯 긴 한숨을 내쉬며 대답하였다.

"너희들이 뭘 알겠냐. 나는 가끔 앞날을 생각하면 절로 이렇게 눈물이 나는구나."

미후왕의 말을 듣자 여러 원숭이들은 저마다 뒤로 자빠지며 깔깔대었다.

"우리들은 이렇게 날마다 마음 내키는 대로 먹고 마시며 즐겁게

시간을 보내고 있는데 무슨 근심걱정이 있다고 그러십니까?”

미후왕은 고개를 가로 저으며 말하였다.

“모르는 소리 마라. 지금은 비록 인간들의 왕이 정한 법의 제한을 받는 일도 없고 짐승들의 위협을 받는 일도 없다지만, 이러다가 늙어 죽게 된다면 세상에 나왔던 보람이 있겠느냐는 말이다. 그것을 생각하니 서글퍼서 눈물이 멈추지를 않는구나.”

그렇게 신세를 한탄하던 미후왕이 급기야 얼굴을 감싸 쥐고 땅바닥에 엎어져 엉엉 울기 시작하자 동요된 여러 원숭이들도 하나둘씩 훌쩍훌쩍 거리다가 이내 목을 놓아 통곡하기 시작하였다. 이런 비통함 중에 무리 안에 앉아 있던 늙은 긴팔원숭이가 술잔을 내려놓고는 천천히 앞으로 걸어 나오며 아뢰었다.

“대왕님, 고정하십시오. 지금 대왕님께서 앞날을 걱정하심은 이른바 도심道心이란 것이 싹트는 징조입니다요. 본래 세상에는 예로부터, 인류, 수류, 조류, 어류, 곤충류 다섯 가지의 생물로 나누는데 그 가운데서 염라대왕의 관할을 받지 않는 것은 오직 세 가지가 있습니다요. 세 가지의 것이 싹트면 생사의 고리와 윤회의 자락에서 벗어나는데, 대개는 인간들에게나 싹트지 우리 같은 것들에겐 잘 싹트지 않습니다요. 그거 잘못 싹터서 도 닦는다고 떠돌다가 까딱 잘못하면 죽도 밥도 안 된 채 거렁뱅이 신세로 길바닥에서 죽는 수도 있습니다요.”

생사의 윤회를 벗어난다는 소리에 귀가 번쩍 트인 미후왕은 발딱 일어나 앉으며 물었다.

"뭣이라? 그딴 것이 있었어? 죽지 않고 오래 살 수 있는 방법이 있단 말이냐? 그럼 안 죽는 그 세 가지는 대체 뭐란 말이냐?"

"그 세 가지란 것은 불佛, 선仙, 신성神聖 세 가지인데 천지산천과 더불어 영원불멸하는 것입니다요. 그것을 찾으려면 고동선산古洞仙山이란 곳에 가야 한다고 들었습니다요."

긴팔원숭이의 대답을 듣게 된 미후왕은 흘리던 눈물을 툭툭 털고 일어나더니 시원하게 소리쳤다.

"와하하, 이 몸은 내일 너희들과 안녕하고 세상을 돌아다니며 장생불사의 묘법을 터득하고야 말 것이다."

또다시 시작된 대왕의 호기로운 모습을 보자 여러 원숭이들도 일제히 환호갈채를 울리며 소리쳤다.

"역시, 대왕님! 멋쟁이 대왕님! 어쩜 그리도 훌륭하신 생각만 골라 하십니까요. 만세입니다요! 만세! 그런 뜻에서 저희들이 내일 대왕님을 위해 조촐한 송별 연회를 베풀어 환송해 드리겠습니다."

다음날, 미후왕이 굳은 각오로 길 떠날 채비를 마치는 동안 나머지 수만 마리의 원숭이들은 돌 탁상과 돌 걸상들을 들여 놓고 선도仙桃를 비롯한 기이한 과일을 따다 술과 함께 차려 놓았다. 모든 준비가 끝나자 여러 원숭이들이 미후왕을 찾아가 데려오더니 상좌에 앉혀 놓고는 그 중 나이 많은 성성이가 나서선 술잔 가득 담긴 술을 권하며 이렇게 말하였다.

"대왕님 저희들이 대왕님과의 석별을 위해 성심껏 조촐한 잔치를 마련하였습니다. 부디 저희들의 안녕을 기원하는 술잔을 받고 떠나 주십시오."

"그래요! 저희들의 정성 가득한 술을 받아 주십시오."

여러 원숭이들이 이구동성 손뼉을 치며 외치자 미후왕은 대번에 손을 내저으며 말하였다.

"안 된다. 안 돼! 이 몸이 도심을 깨닫고자 마음을 먹었으니 오늘 기필코 떠나야 한다. 그러려면 바다 건널 배도 만들어야 하고 체력도 아껴야 하니 술은 그만두자꾸나."

이를 듣고 섭섭한 마음이 가득해진 원숭이들은 눈물을 뚝뚝 흘리며 미후왕에게 말했다.

"대왕님 너무하시는군요. 저희들과 마지막이 될지도 모를 자리에서 어찌 그런 걱정을 하십니까요. 이리 매정하게 나오시니 너무 서운해요. 서운해. 정말 너무하세요."

술잔을 들고 있던 나이 많은 성성이가 설득하고 나섰다.

"그깟 배야 저희들이 만들면 되는 것이니 걱정 마십시오. 모두들 당분간 영웅호걸다운 대왕님의 모습을 볼 수 없는 것이 아쉬워서 저러는 것이니 부디 헤아려 주십시오."

원숭이들이 눈물을 흘리는 모습을 보자 미후왕은 더는 마다할 수가 없어 그 술을 받아 단숨에 비웠다. 그러자 이번엔 다른 늙은 원숭이가 술잔을 들고 다가와 권하며 말하였다.

"그간 성심껏 대왕님을 보필했으나 이제 그럴 수가 없게 되었습니다요. 부디 제가 바치는 술과 함께 큰 뜻을 이루고 무사히 돌아오십시오."

미후왕은 마지못해 그 술도 비웠다. 그러자 신이 난 원숭이들이 저마다 한 마리씩 번갈아 나오며 이리저리 구실을 붙여 술을 권하기 시작하니 뿌리치지 못해 한 잔 두 잔 받아 마신 술에 미후왕은 대취했고 결국 큰 뜻은 내팽개친 채 술판을 벌이기에 이르렀다. 고성방가와 헛소리를 해가며 잔치를 벌인 그는 그날 끝내 떠나지 못했다.

이튿날, 숙취에 시달리며 쓰린 속을 부여잡고 아침을 맞은 미후왕은 만취한 채 되는 대로 널브러져 자고 있는 원숭이들을 보자 속에서 불이 나는 것만 같아 발밑에 쓰러져 자고 있는 늙은 원숭이들을 향해 꽥 소리쳤다.

"이놈의 늙은이들! 일어나라! 일어나!"

고함소리에 놀란 원숭이들이 허둥지둥 일어나 보니 미후왕이 쓰린 배를 부여잡은 채 연방 헛구역질을 해가며 소리치는 것이었다. 늙은 원숭이들이 미적미적 일어나 능글맞은 웃음을 지어 보이며 얼굴을 벅벅 긁어대니 그 꼴을 보던 미후왕은 그만 부아가 치밀어 버럭버럭 소릴 질렀다.

"이놈의 주책 맞은 영감탱이들아! 웃음이 나오냐? 웃음이 나와?"

늙은 원숭이들은 대왕이 단단히 성질이 난 것을 눈치 채고 슬금슬금 자릴 피하려 하니 미후왕은 또다시 소리쳤다.

"어딜 도망가려고! 내가 뭐랬느냐, 뭐랬어! 술을 먹고 싶으면 저희들끼리 마실 것이지 왜 큰 뜻을 품고 떠나겠다는 나는 꼬드겨서 이 꼴을 만들어 놓느냔 말이다! 이몸은 사내로 태어나서 한번 한다면 하는 놈이었는데 너희들 때문에 못 떠났지 않느냐! 배는 어찌 됐느냐? 배는!"

그제야 번뜩 생각난 늙은 원숭이들은 허겁지겁 대답하였다.

"지금 가서 만들어 놓겠습니다."

"죽어라! 이놈들아! 지금 만들어서 언제 떠난단 말이야? 언제? 아이고, 속쓰려! 너희 때문에 속쓰려 죽겠다! 속이 쓰려 죽겠어!"

숙취로 충혈된 눈을 부릅뜨며 소리소리 질러 대는 미후왕의 모습에 잔뜩 주눅이 든 늙은 원숭이들이 달래듯 대답하였다.

"대왕님, 걱정을 붙들어 매십시오. 금방 만들 수 있습니다. 당장 만들어 드리겠습니다. 그러니 그렇게 성내지 마십시오."

그렇게 말하고는 여러 원숭이들을 대동하여 쏜살같이 굴 밖으로 뛰어나갔다. 늙은 원숭이들은 젊은 원숭이들을 시켜 숲을 돌아다니며 대충 굴러다니는 비에 젖은 썩은 나무를 주워 오게 하였고 그것들을 받아 든 늙은 원숭이들은 일렬로 가지런히 붙여 놓더니 너덜너덜한 칡넝쿨을 끊어다 얼기설기 엮어 뗏목 하나를 뚝딱 만들었다.

얼렁뚱땅 뗏목이 완성되자 원숭이들은 동굴로 달려갔다. 그들은 숙취로 시름시름 앓으며 드러누워 있는 미후왕을 다짜고짜 끌고 와

썩은 뗏목 위에 태웠다.

"휘청, 휘청" "우직, 우직" "우지직, 우지끈!"

떠밀리듯 강제로 올라탄 배는 금방이라도 부숴질 듯 위태로웠고 소스라치게 놀란 미후왕은 쏜살같이 뛰어내렸다. 이를 본 늙은 원숭이들이 황급히 물었다.

"어째서 내리십니까? 대왕님. 사내는 한번 한다면 해야 하니 당장 떠나시겠다며 배를 만들라고 소리소리 치시지 않았습니까? 그래서 이렇게 배를 만들었는데 어째서 내리시는 것입니까? 그새 마음이 변하신 겁니까?"

성질을 피우느라 그냥 지껄였던 말인데 이처럼 늙은 원숭이들이 트집을 잡는 투로 묻자 미후왕은 둘러대었다.

"너희 놈들이 어제 먹인 술 때문에 속이 울렁거려서 못 타겠다."

"그런 거라면 가시다가 그냥 바다에서 해 버리세요. 지금 때마침 동남풍도 세차게 불고 있어 금방 육지에 닿을 수 있을 것입니다. 떠나기에 딱 좋은 천재일우의 기회이니 놓치셔서는 안 될 것입니다. 속히 어서 배에 오르셔서 떠나십시오. 얘들아, 어서 대왕님을 태워 보내드리자!"

미후왕은 급히 아랫배를 문지르며 아픈 표정으로 말하였다.

"아~, 똥 마려워."

"그깟 똥도 바다에 싸 버리면 되잖아요. 왜 이리 핑계를 대세요."

원숭이들은 달려들어서 강제로 미후왕을 떠메어 뗏목에 실었다.

"안 돼, 안 돼! 이놈들아! 내 몸에서 손 떼라! 손 떼! 안 그러면 그냥 확 싸 버린다."

"체통을 지키세요! 대왕님!"

"이놈들아! 타기 싫다는데 왜 지랄들이냐! 타기 싫다. 타기 싫어! 제발 놓아라! 이것들아!"

내던지듯 배에 태워진 미후왕의 배는 바람을 타고 순식간에 바다로 떠밀려 갔다. 원숭이들은 미후왕을 향해 손을 흔들며 소리쳤다.

"대왕님! 걱정 마세요. 이정도 바람이면 금방 육지에 도착할 겁니다. 그러니 안심하시고 부디 건강하게 다녀오십시오! 안녕히 다녀오세요!"

인사를 하며 눈물까지 짓는 원숭이들을 보니 삿대질을 해 가며 욕을 하던 미후왕의 마음도 다소 누그러져 이렇게 중얼거렸다.

"젠장! 내가 뭘 이리도 두려워한단 말인가? 어차피 장생의 큰 보물을 얻기 위해선 그만큼 큰 위험이 따를 것을 각오하지 않았더냐! 그런데 이깟 배 부숴질 것을 두려워하다니. 두려워 말자. 두려워 말어!"

그렇게 마음을 고쳐 먹은 그는 조심조심 썩지 않은 바닥을 살피더니 한쪽 귀퉁이에 가서 아슬아슬하게 쪼그려 앉았다. 기우뚱기우뚱 바람을 타고 떠나온 배는 순식간에 육지와 멀어졌고 저 멀리 손을 흔들어 주는 원숭이들의 모습도 점점 작아져만 갔다. 그는 긴 여정을 위해 달콤한 과일 물로 쓰린 속이나 달랠 겸 과일을 찾았지만 벼락불에 콩 볶듯 만든 배에 먹을 것이라곤 있었겠는가! 아연실색 놀란 그는 벌떡 일어나 뭍가에 서서 손을 흔드는 원숭이들을 향해 소리쳤다.

"몹쓸 것들아! 네놈들이 기어코 나를 죽이는구나!"

길길이 날뛰며 퍼붓는 그의 욕은 파도 소리에 산산이 부서져 사라지고 그의 행동을 떠나는 이별의 아쉬움으로 인식한 원숭이들은 서로를 부둥켜안고 대성통곡하였다.

부하들에게 강제로 떠밀려 어처구니없이 떠나온 원숭이 임금!

그가 가진 것이라고는 다 썩어 가는 뗏목 한 척과 숙취와 배고픔에 지쳐가는 몸뚱이뿐이었다. 미후왕은 먹을 것 하나 없는 것이 크게 걱정되어 바다를 바라보며 궁리를 하였다.

"이거 정말 큰일인데. 죽는 것 모면하려고 떠나온 여행길인데 까딱하면 배 위에서 굶어죽을 판이군……."

그렇게 고민하던 그는 문뜩 좋은 생각이 떠올라 손뼉을 마주치며 이렇게 중얼거렸다.

"그래! 좋은 수가 있겠다. 산에 산에 산에는 산에 사는 산토끼! 물에 물에 물에는 물에 사는 물고기! 그렇지. 이곳은 바다고 물고기가 넘쳐 날 테니 그걸 잡아먹어야겠다."

미후왕은 즉시 뗏목 귀퉁이로 달려가 난간에 궁둥이를 걸치고 앉은 다음 바다 속으로 꼬리를 넣었다 뺐다 하면서 낚시질을 시작하였다. 그렇게 물고기라도 잡을 요량으로 장난질을 한참 하던 그때! 갑자기 거친 파도를 가르며 난데없는 상어 수십 마리가 몰려와선 칼날 같은 이빨이 잔뜩 든 아가리를 쩍 벌리며 솟구쳐 올라오는 것이었다. 혼비백산 놀란 미후왕은 번개같이 꼬리를 빼 내 뗏목 중앙으로 득달같이 달려가 썩은 돛대를 붙들고 쪼그려 앉아서 연방 욕을 퍼부었다.

"이 흉칙한 것들아! 어딜 감히 흉악한 이빨을 드러내면서 가만 있는 나는 왜 못살게 구느냐! 썩 물러가라! 물러가!"

한참 욕을 해대자 다행히도 상어들은 물러갔다. 안도의 한숨을 내쉰 미후왕은 쓰리고 주린 배를 움켜쥐고는 지친 육신을 위태로운 뗏목에 맡긴 채 벌렁 드러누웠다. 그렇게 며칠을 배 위에서 흘러가던 어느 날,

엎친 데 덮친 격으로 거센 풍랑까지 만나 그나마 가지고 있던 썩은 배까지 산산이 부서지고 말았으니 그의 목숨이 생사를 넘나드는 꼴이 되고 말았다.

파손된 나무 조각 하나 붙들고 모진 고생 끝에 가까스로 남섬부 주까지 도달한 미후왕은 드디어 장생불사를 이룰 땅에 도착했다는 기대감에 차 해변으로 기어 올라왔다. 하지만 막상 올라오고 보니 무엇을 해야 할지 판단이 서지 않던지라 피곤에 지친 퀭한 눈을 끔벅이며 주변을 두리번두리번 살폈다.

그때, 저 먼발치에서 어부들로 보이는 남녀가 삼삼오오 모여 고기를 낚거나 소금을 졸여 내고 있는 모습이 눈에 들어왔다. 미후왕은 그들의 모습과 행동을 유심히 지켜보며 곰곰이 생각하였다.

'장생불사를 터득하기 위해서는 이제 앞으로 사람들이 사는 곳을 돌아다녀야 할 텐데 저들과 같은 모습과 행동을 배워야 하겠지. 게다가 명색이 왕인데 이렇게 벌거벗고 다닌다면 풍기문란 죄로 잡혀갈지도 몰라. 그렇다면 먼저 옷부터 구해야겠는데 급히 오느라 가진 돈도 없는데……'

이렇게 고민하던 미후왕은 이내 결심한 듯 외쳤다.

"좋다! 어차피 세상물건 돌고 도는 것이라지 않더냐. 그렇다면 답은 뻔하지!"

생각을 정리한 미후왕은 팔딱팔딱 달려가더니 어부들을 향해 버럭 소릴 질렀다.

"나는 엄청나게 무서운 분이지! 맞고 싶지 않거든 홀랑 벗어라!"

일하는 데 정신이 팔려 있던 어부들은 엉겁결에 놀라 뒤를 돌아보았다. 악이 받친 듯 깡마른 체구, 온몸 가득 수북한 털에 뒤집어깐 눈을 가진 요괴 한 마리가 시퍼런 송곳니를 가득 담은 아가리를 쩍 벌린 채 혀를 빙글빙글 돌려가며 덤벼드는 것이었다.

"변태요괴다! 대낮에 원숭이 변태요괴가 나타났구나!"

심장이 덜컹 내려앉듯 소스라치게 놀란 어부들은 울부짖으며 소쿠리, 쟁기 등을 팽개치고 사방으로 도망쳤다. 그중 늙은 어부 하나가 어찌나 놀랬던지 창백한 낯빛으로 땅바닥에 드러누운 채 사지를 버둥대기만 할 뿐 전혀 도망치지를 못하고 있었다. 미후왕은 그 노인을 붙들어 강제로 발가벗긴 다음 그 노인의 옷을 주섬주섬 챙겨 입었다. 그후 장생불사의 도를 터득하고자 남섬부주의 이곳저곳을 떠돌며 인간들의 예법과 말씨를 꼼꼼히 익혔다. 선도仙道를 얻고자 떠돌기를 십여 년…….

미후왕은 불사의 선도는커녕 당장 굶어죽게 생긴 비렁뱅이로 전락해 버리고 말았다. 그러던 어느날 배고픔에 지친 육신을 작대기 하나에 의지하며 서양대해를 걷고 있던 그는 문득 바다 건너편을 바라보다가 이런 생각이 들었다.

'이런 식으로 대책 없이 돌아다니다간 그 긴 팔 늙은이 말대로 길거리에서 돼질지도 몰라. 세상엔 남섬부주 하나만 있는 것도 아니지 않은가? 혹시, 바다 건너편에는 신선이 있을지 몰라…….'

이렇게 생각한 미후왕은 힘든 몸을 질질 끌며 스스로 나무를 구해다 뗏목을 만든 다음 고단한 육신을 그 위에 던진 채 곧장 서우하주로 떠나갔다. 며칠 만에 육지에 도착한 미후왕은 또다시 신선을 찾아 이곳저곳을 돌아다녔고, 그러다가 숲이 울창하고 경치 좋은 높은 산에 도달하게 되었다. 터벅터벅 산꼭대기에 오른 미후왕이 잠시 쉬어갈 겸 바위에 걸터앉아 경치를 두루 구경하고 있노라니 숲속 어디에선가 흥얼대는 노랫소리가 그의 귀를 잡아끌었다.

산다는 게 고생인 걸 알고 나니
신선들 놀음에 도끼자루 썩는 줄 모르는구나!
나무꾼은 나무 팔아서 술을 사니,
기분이 절로 좋아져 호탕하게 웃어 버린다네.
달을 보며 기울인 술에 취해 소나무 뿌리 베고 누웠더니,
어느새 날이 밝았구나.
도끼 들고 마른 나무 잘라 한짐 되면,
노래 부르며 시장에 가서 쌀 석 되와 바꾸지.
경쟁할 사람도 없으니,
부르는 값도 그때마다 다르다네.

기발한 꾀 부리고 절묘한 셈 할 줄 몰라도 되니,

영화도 굴욕도 없이 편안하고 담박하게 복된 인생을 살아간다네.

우리 서로 만날 곳은 신선이 아니면 도가 있는 곳일지니,

그곳에 조용히 앉아 황정경黃庭經이나 가르치리라!

　무위자연의 복된 노랫가락을 무심히 듣고 있던 미후왕은 불현듯 ‘신선이 아닐까?’ 하는 생각이 뇌리를 스쳤고 얼른 몸을 일으켜 그곳으로 가 보았다. 거기에는 죽순 꺼풀로 만든 삿갓을 쓴 나무꾼 하나가 도끼로 나무를 찍고 있었는데 그가 무료함을 달래고자 흥얼거리는 소리였다. 장생불사의 일념에 사로잡혀 있던 미후왕은 그가 신선임에 틀림없다고 판단하고는 즉시 옷매무새를 단정히 하더니 그의 앞으로 다가가 다짜고짜 넙죽 절하며 소리쳤다.

　“신선님, 고귀하신 신선님. 이놈을 제자로 받아 주십시오!”

　놀란 나무꾼은 황망히 도끼를 내려 놓으며 답례를 하였다.

　“어이구, 황송한 말씀입니다만 사람을 잘못 보셨습니다. 입을 것 먹을 것도 변변하지 못한 이놈에게 신선이라니 당치도 않습니다!”

　“그렇다면 조금 전에 불렀던 노래는 신선의 노래가 아니고 무엇입니까?”

　나무꾼은 호탕하게 웃으며 대답했다.

　“그래서 저를 신선이라고 부르셨군요. 사실 이 노래는 만정방滿

庭芳이라는 노래인데 제 이웃에 살고 계시는 신선께서 제 팔자가 사나운 것을 보시고는 저에게 이 노래를 가르쳐 주신 겁니다. 그래서 힘들 때마다 이 노래를 부르고 있는 것이지요. 그 덕분에 사는 것이 고생스럽고 어렵기는 합니다만 제 노모님의 봉양도 할 수 있게 되었습니다."

그의 설명을 듣고 그가 신선이 아님을 알게 된 미후왕은 옷을 툭툭 털고 일어나며 물었다.

"그러셨군. 그럼 당신은 참말 훌륭한 효자요, 틀림없이 엄청난 복을 받게 될 것이외다. 이 몸은 바쁜 몸 얼른 그 신선이 어디 계신지나 가르쳐 주시구려."

신선이 아니란 말에 금방 태도가 돌변해 툴툴거리는 미후왕을 보자 나무꾼은 히죽 웃으며 대답했다.

"여기서 그리 멀지 않지요. 그 산을 영대방촌산靈臺方寸山이라고 하는데 산속에 사월삼성동斜月三星洞이라고 부르는 동굴이 있고 그 속에 신선 한 분이 계십니다. 사람들은 그 분을 수보리조사須菩提祖師님이라고 부르는데 저기 보이는 오솔길로 해서 남쪽으로 칠팔 리가량 가게 되면 그분의 집이 나올 것입니다."

미후왕은 나무꾼에게 손 한 번 들어 주는 것으로서 작별인사를 대신 하고는 뒤뚱대는 걸음으로 그 오솔길을 뛰어올라 갔다.

　　장생의 꿈을 이루기 위해 찾아온 삼성동. 미후왕이 과연 꿈을 이
룰 수 있을지 없을지는 아직 알 수 없으니 이에 대해서는 하회를
보라.

제2화

이름을 얻은 원숭이 왕

꿈을 이룰 기대감에 잔뜩 부풀어 찾아온 신선 동굴. 그곳에는 과연 삼성동이란 동굴이 있었다. 하지만 기쁨도 잠시, 굳게 닫힌 동굴 문을 보자 미후왕은 감히 두드릴 엄두가 나지 않았다. 미후왕은 좌불안석하여 이리저리 궁리를 하더니 동굴 문 옆 구불구불 푸른 소나무를 발견하고는 느닷없이 그 위로 뛰어올라 갔다. 그리고는 허기진 배를 달랠 겸 솔방울을 까먹어대며 입으로는 연방 꺅꺅 소릴 질러대기 시작했다. 그렇게 한참의 시간이 흐르고 어느덧 중천에 떠 있던 해가 서산을 붉게 물들이며 뉘엿뉘엿 저물어가고 있었다. 하지만 굳게 닫힌 문은 여전히 열릴 기미가 보이지 않았고 이에 초조해진 미후왕은 급히 나무에서 내려왔다. 그는 안절부절 동굴 문 앞을 서성이다가 갑자기 욕설을 지껄이기 시작했다.

"에라, 염병할! 더럽고 치사해서! 보아 하니 범 따위가 사는 동굴인가 보구나? 그렇지 않고서야 사람의 그림자도 보이지 않을 리가 없지 않은가? 화딱지 나는데 확 불이나 지르고 도망가야겠다!"

그러자, 지금껏 굳게 닫혀 있던 돌문이 벌컥 열리면서 수십 명의 장정들이 쏟아져 나오는데 그들의 손에는 각기 밭 갈던 농기구들이 들려 있는 것이었다. 그들은 독기 가득 품은 눈을 부라리더니 버럭버럭 소릴 질러대며 미후왕을 붙잡으려 들었고 놀란 미후왕은 후다닥 소나무 위로 뛰어올라가 솔방울을 따 던지며 대들기 시작하였다. 이런 중에 장정들 뒤로 어린아이 같이 생긴 신선 하나가 걸어오더니 그들을 만류하고는 미후왕을 향해 호통을 쳤다.

"너는 어디서 굴러먹던 놈인데 이 신성한 곳에서 욕지거리를 해대느냐?"

미후왕은 던지던 솔방울을 멈추며 마주 소리쳤다.

"이 몸은 화과산 수렴동 대왕님이지! 도를 닦고자 이곳에 찾아온 사람인데 감히 집단으로 나와 이 몸을 괴롭히려 드는 게냐?"

선동은 그의 어처구니없는 대답에 킥킥 웃으며 그를 훑어 보았다. 생김새나 하는 짓거린 영락없는 원숭이지만 말하는 폼은 사람과 다름이 없어 보였다. 선동이 아무런 말을 건네지 않고 웃고만 있자 미후왕이 기분 나쁜 표정으로 물었다.

"뭘 그렇게 훑어 보느냐?"

선동은 정색을 하며 대답하였다.

"우리 스승님께서 나에게 말씀하시기를 '밖에서 욕지거리 일삼는 자는 수행하겠다고 찾아온 사람이니 다치지 않게 데려오라.' 하시면서 나가보라고 하셨는데 당신을 가리켜 말씀하신 것은 아닌 것 같아서 웃었을 뿐이오."

미후왕은 들고 있던 솔방울을 내던지고 후다닥 뛰어 내려오더니 연방 허리를 굽혀 가며 대답하였다.

"아닙니다! 그건 틀림없이 저를 두고 하신 말씀일 것입니다."

선동은 고개를 갸웃거리며 말하였다.

"당신을 보자면 말하는 것은 꼭 사람 같기는 합니다만, 볼이 없고 허리도 구부정한 데다가 동물에게나 달려 있는 꼬리도 달려 있으니 영락없는 원숭이가 아니고 무엇이오?"

자신의 생김새를 보고 미심쩍어하는 선동의 말을 듣자 미후왕은 내심 중얼거렸다.

'이런 젠장! 이곳 도사는 사람이 아니면 제자로 거두지를 않는 모양이구나! 까딱 잘못하다간 이대로 십 년 고생한 보람 없이 대번에 쫓겨날지도 모르겠는걸?'

미후왕은 급히 두 손으로 모이주머니를 잡아당겨 볼처럼 만들고 꼬리는 돌돌 말아서 가랑이 사이로 숨긴 다음 구부정한 허리를 쭉 펴며 이렇게 말하였다.

　"자, 이것 보세요! 방금 전 선동님께서는 잘못 보신 겁니다. 이게 어디 원숭이의 모습입니까? 원래 이곳에 오기 전에는 생긴 모습이 지금처럼 이랬는데 여기까지 오는 동안 갖가지 고생을 해서 조금 전처럼 그렇게 변한 것입니다. 도를 구하겠다는 일념 하나로 세상을 떠돌다 보니 끼니를 제대로 먹지 못하고 거르기가 일쑤였던 탓에 뱃가죽에는 힘이 없어 등은 앞으로 굽었고 두툼했던 볼 살은 식량을 저장해 두기 위해 쪼글쪼글 먹이 주머니로 변했습니다. 또한 오래도록 걸어 다니다 보니 두 개의 다리로는 벅차서 궁둥이 뒤쪽으로 접었다 폈다 하는 편리한 다리 하나가 더 생겨난 것입니다. 이게 모두 다 도를 닦고자 스승님을 찾기 위해 고생했다는 증거지요."

　미후왕이 변명을 늘어놓는 모습을 보고 선동은 한참 동안 박수를 치며 깔깔거리며 웃다가 이내 정색을 하며 말하였다.

　"그러셨군요. 제가 그 고충을 모르고 큰 결례를 저질렀습니다. 자, 그럼 제가 스승님께 안내할 것이니 저를 따라 들어오시지요."

　선동이 들어올 것을 허락하며 안으로 안내하자 미후왕은 너무도 기뻐서 탄성이 터져 나올 것만 같았다. 미후왕은 흥분되고 들뜬 마음을 가다듬으며 즉시 옷매무새를 단정히 하고 그간에 배운 인간의 예법을 생각하며 선동의 뒤를 따라 조심조심 굴 속의 깊숙한 곳으로 뒤쫓아 들어갔다.

　얼마쯤 들어가다 보니 금세 널찍한 공간이 나왔다. 그리고 그곳의 높은 단상에 노인 한 사람이 손오공을 보며 단정한 자세로 앉아 있는데 살구 빛 뽀얀 피부와 눈이 내린 듯 하얗게 늘어뜨린 긴 수염은 마치 하늘나라 옥황상제가 내려와 있는 것만 같았다. 미후왕은 그 노인이 수보리조사임을 단번에 알아보고는 선동을 앞질러 뛰어나가 큰절을 올리며 기세 좋게 말하였다.

"스승님, 스승님! 성심껏 올리는 제자의 절을 받아 주십시오."

그리고는 주머니 속에서 방금 먹다 남은 솔방울 한줌을 꺼내 수보리조사 손에 쥐어 주며 말을 꾸며 대었다.

"제자가 스승님 드리려고 제 고향 땅에서 가져왔습니다. 작은 성의니 받아 주십시오."

원숭이가 선물이라고 내민 솔방울을 보자 수보리조사는 그만 너털웃음을 터뜨리며 물었다.

"그래, 고맙게 받으마. 그런데 너는 어디서 왔는고?"

"저는 동승신주 오래국에 있는 화과산 수렴동 사람입니다. 사람이에요. 바다를 건너다니기를 십여 년이 흘러서야 이제 겨우 여기까지 올 수 있었습니다."

"성姓은 무엇인고?"

수보리조사가 사람이나 지니고 있는 성씨에 대해 묻자 이를 가져 보지 못한 미후왕은 성품을 뜻하는 성깔로 알아듣고 지극히 겸손하게 대답하였다.

"스승님, 저는 원래 성깔이 없습니다. 제가 얼마나 성깔이 없으면 남들이 저를 욕하고 헐뜯어도 저는 화내지도 않고, 저를 때리고 괴롭혀도 성 한번 내 본 적이 없습니다. 너무도 착한 나머지 그저 예의로 대할 뿐이지요. 태어나서 평생 성깔을 부려 본 적이 없을 정도로 착한 사람입니다."

“아니. 내가 물어 본 것은 그 성깔이 아니라 네 녀석의 부모 성이 무엇인지를 물은 것이다.”

“그런 말씀이셨군요. 그런데 전 부모가 없습니다.”

“허허, 너에게 부모가 없다면 너는 하늘에서 떨어졌단 말이냐, 땅에서 솟았단 말이냐?”

“저는 하늘이나 땅에서 솟은 것이 아니라 돌 속에서 나왔습니다. 화과산이란 곳에 신령한 돌이 하나 있었는데 저는 그 돌이 깨지면서 제가 나온 것밖에 기억하지 못합니다.”

미후왕이 볼을 붉적거리며 자신의 내력에 대해 대답을 하자 수보리조사는 마음속으로 짐작되는 바가 있어 은근히 기뻐하였다.

“그렇다면 너는 하늘과 땅이 낳은 자식이 맞도다! 세상의 생명을 가진 모든 것들은 그 필요성이 있어 만들어진 것이니, 너와 내가 만난 것도 하늘에서 엮어 주신 인연이로다. 네 모습은 비록 볼품이 없으나 어디 성이나 하나 지어 붙여 줄까?”

“좋습니다, 좋아요!”

미후왕이 흔쾌히 대답하자 수보리조사는 지그시 눈을 감고 잠시 생각에 잠겨 있더니 이내 눈을 뜨고 말하였다.

“네 성을 원숭이 호猢라고 하면 그 글자에서 짐승을 뜻하는 변을 빼 버렸을 때 고월古月이 된다. 고라는 것은 늙었다는 뜻이요, 월은, 즉 달이니 그것은 음陰에 속하는 것이 된다. 그런데 늙고 음에 속한

것은 가르쳐 변화시킬 수 없다. 그러니 네 성을 손猻으로 하는 것이
좋을 것 같은데, 이 손이라는 글자에서 짐승을 뜻하는 변을 빼 버리
게 되면 자계子系가 되는데, 자라는 글자는 아들의 뜻을 가지고 있
고 계라는 글자는 영세嬰細, 즉 어리고 작다는 뜻이다. 이것은 너의
어린아이 같은 본성과 딱 들어맞으니 네 성을 손孫이라고 하는 것이
좋겠다.”

나쁜 것을 빼 버리고 좋은 것을 취해 고귀한 성을 지어 주자 미후
왕은 정말 좋은 나머지 수보리조사를 향해 연방 머리를 조아리며
감사하였다.

“정말 좋습니다요. 이제야 성을 갖게 되었으니 기쁘기 한이 없습
니다. 그러나 성을 주실 바에는 아예 이름까지 하나 지어 주시지요.
그래야 다른 사람들이 저를 부르기도 좋지 않겠습니까?”

수보리조사는 고개를 끄덕이며 말하였다.

“그렇겠지. 그럼 나의 문중에서는 광廣, 대大, 지智, 혜慧, 진眞,
여如, 성性, 해海, 영穎, 오悟, 원圓, 각覺이라는 열두 개의 글자로 문
파門派를 나누어 이름을 짓는데, 너는 그 중에서 열 번째 무리에 속
한 제자가 될 것이니 너의 법명法名을 오공悟空이라 하는 게 어떠하
겠느냐?”

미후왕은 싱글벙글 함박웃음을 지어 보이며 대답하였다.

“좋습니다. 이름도 정말정말 좋습니다. 어쩜 이름도 그리 잘 지으

십니까? 그럼 지금부터 저를 부르실 때는 다정하게 ‘손오공’이라고 불러 주십시오!"

수보리조사의 제자가 되는 것을 허락 받고 더불어 귀한 이름까지 얻게 된 손오공은 그 즉시 여러 사형들을 만나 인사를 나누었다. 그 다음날부터 그는 그들과 함께 언어 예절을 배우고 경經과 도道를 담론하고 글자를 배우고 향을 피우면서 하루하루 세월을 보냈다. 그러다가 시간이 생기면 마당도 쓸고, 밭일도 하고, 꽃도 가꾸고, 나무도 심고, 장작도 해다가 불도 피우고 물도 길러 오는 등 고약한 심성을 억누르며 착실한 생활을 하였다.

어느덧, 세월은 유수같이 흘러 육칠 년이란 세월이 지나갔다. 하루는 수보리조사가 높은 단상에 올라앉아 손오공을 비롯한 여러 제자들을 모아놓고 설법을 하고 있었다. 모든 제자들이 사부의 강연을 하나라도 놓칠세라 진지하게 강연을 경청하고 있는데 유독 손오공만은 헤죽헤죽 웃는 얼굴로 귓구멍을 후비고, 볼을 긁고, 꼬리를 좌우로 휘젓는 등 잠시도 가만 있지를 못하자 수보리조사가 손오공을 꾸짖게 되었다.

"네 이놈! 어째서 설법은 듣지 않고 방정을 떨고 있는 게냐?"

"아닙니다, 아니에요! 이 제자는 사부님의 설법을 열심히 듣고 있었습니다. 단지 그 깊은 묘법이 이해가 되니 너무도 기뻐서 저도 모르게 손발이 따로 놀고 궁둥이가 춤을 추는 것입니다. 그러니 제발 용서해 주십시오."

"좋다. 그럼 어디 물어 보자. 네가 여기로 온 지도 이젠 일곱 해째 되었는데 너는 내게서 어떤 도를 배우고 싶으냐?"

"저야 그저 사부님의 분부에 따르겠습니다."

"좋다! 그렇다면 도가道家에는 삼백육십 가지의 방문傍門이 있는데 그 가운데 나는 너에게 술術자문의 도를 가르치고자 한다. 그것을 배우게 되면 신선을 불러 부란扶鸞점을 치거나 시초로 엽시揲蓍점을 쳐서 길하고 흉한 것을 가려 낼 수 있는데 네 생각은 어떠냐?"

장생불사의 기대감에 가득 차서 고개를 쭉 빼고 기다리던 손오공은 수보리조사의 질문을 받자 일고의 망설임도 없이 물었다.

"사부님, 그것을 배우면 장생불사를 할 수 있습니까?"

"그거야 안 돼지."

"그런 건 안 배우겠습니다."

"그래? 그럼, 류流자문의 도를 배우는 것은 어떻겠느냐? 그것은 유가儒家, 석가釋家, 도가道家, 음양가陰陽家, 묵가墨家, 의가醫家를 말하는데, 이것들을 배워 가면서 하늘의 진정한 성인을 따르는 것이다. 오공이 네 생각은 어떠냐?"

"그것을 배우면 장생불사를 할 수 있습니까?"

"못하지, 그거야 당연히 못하지."

“싫어요!”

“그렇다면 정靜자문의 도나 배우지?”

“그것은 무엇입니까?”

“음식을 먹지 않고 깨끗하고 고요한 상태에서 자연과 함께 지내며 참선을 하고, 또한 말을 하지 않고 제를 올리는 것으로서, 누워서 수행하는 수공睡功과 일어서서 하는 입공立功이 있지. 그리고 입정入靜과 좌관坐觀을 하는 것이다.”

“그럼 이것은 틀림없이 장생불사를 할 수 있는 것이겠군요?”

“그렇기는 한데 영원하지는 않을 거야. 아마도……”

“그럼, 이것도 배울 필요가 없는 거잖아요? 이것도 싫어요!”

“그렇다면 음陰을 취해 양陽을 보충하고, 활을 당기고, 쇠뇌를 쏘며, 배꼽을 문질러 기를 통하게 하고, 비방을 써서 약을 만들고, 불을 피워 단약을 만들 솥을 달구는 등의 동動자문의 도는 어떻겠느냐?”

“그걸 배워 장생불사를 할 수 있는 것이면 배우지요.”

“그걸 배워서 장생불사를 하려는 것은 물속에서 달을 건지는 격이지.”

“뭐예요? 놀리시는 거예요? 그렇다면 그것도 싫어요!”

이렇게 발끈하며 투정만 하는 손오공을 보자 수보리조사는 더 이상 참지 못하고 단에서 펄쩍 뛰어내려와 손에 들고 있던 계척戒尺으로 손오공을 가리켜 큰소리로 꾸짖었다.

"이 돼먹지 못한 원숭이 녀석아, 이도저도 싫다면 대관절 어쩌자는 것이더냐?"

그리고는 계척으로 손오공의 머리를 딱! 딱! 딱! 세 번 때린 다음 휑하니 거처로 들어가 중문을 닫아버렸다. 설법을 듣고 있던 여러 제자들은 수보리조사의 노여움을 보자 덜컥 겁이 나서 모두들 손오공에게 모여와 그를 원망하며 욕을 해댔다.

"이 무지막지한 원숭이 녀석아, 아무리 무례하기로서니 조사님께서 모처럼 도술을 가르쳐 주시겠다는데 어째서 성질이나 피우며 배우지는 않고 말대꾸나 하느냔 말이다!"

그러나 손오공은 그런 사형들의 욕설과 원망에는 전혀 아랑곳하지 않고 그저 머리통에 솟은 푸르뎅뎅한 세 개의 혹을 만지며 싱글벙글 좋아할 뿐이었다. 그도 그럴 것이 그것은 이 영특한 원숭이가 이미 스승이 내린 무언無言의 수수께끼를 풀어 냈기 때문이었다. 그 수수께끼란 수보리조사가 그의 머리를 세 번 때린 이유에서 볼 수 있었는데, 그것은 손오공에게 삼경三更을 명심하라는 것이요, 중문을 닫아버린 것은 다른 놈들 몰래 은밀한 곳에서 도를 가르쳐 줄 것인즉 뒷문으로 들어오라는 암시였던 것이다.

그날 밤, 손오공은 초조한 심경으로 사형들이 모두 잠자리에 들기를 기다리며 함께 침상에 누워 있었다. 콧구멍으로 내뿜는 숨을 세어 가며 대충 시간을 맞추며 한참을 있다 보니 드디어 한밤중이 되었고 하루 일과가 피곤하였던지 모든 사람들은 드르렁드르렁 코를 골며 깊은 잠에 빠져들었다. 이윽고 삼경이 되자 손오공은 슬그머니 이불을 젖히고 자리에서 일어나 옷을 걸쳐 입고는 조용히 앞문을 열고 빠져 나왔다. 손오공이 수보리조사가 잠들어 있는 뒷문을 찾아가니 예상했던 대로 뒷문이 반쯤 열려 있었고 이것을 본 손오공은 내심 쾌재를 부르며 중얼거렸다.

"역시! 괜찮은 영감님이군. 사부님께서 이 몸에게 도를 가르쳐 주시고자 이렇게 문을 열어 놓으셨구나."

그리고는 히죽거리며 몸을 옆으로 비스듬히 세워 살금살금 문안으로 들어가 수보리조사가 누워 있는 침상 아래로 다가갔다. 은은한 달빛이 들어오는 창가를 향해 머리를 두고 벽 쪽으로 몸을 구부린 채 깊은 잠에 빠져 있는 수보리조사를 보았지만 감히 깨울 엄두가 나지 않는 손오공은 한쪽 구석에 조용히 쪼그려 앉아 기다리기로 했다. 얼마의 시간이 지났을 무렵 수보리조사가 잠에서 깨어나자 손오공은 반색을 하며 속삭였다.

"사부님, 사부님. 제가 여기 꿇어앉아 기다린 지가 정말 오래됐거든요."

"이놈아! 밤이 깊었으면 잠이나 잘 일이지. 뻘겋게 충혈된 눈을 해 가지고선 뭘 주워 먹겠다고 찾아왔느냐?"

수보리조사가 대뜸 소릴 지르곤 주섬주섬 옷을 걸치자 깜짝 놀라 눈을 멀뚱대던 손오공이 이내 발끈하며 따지고 들었다.

"뭐예요? 지금 장난치시는 거예요? 어제 강단 앞에서 저더러 삼경에 뒷문으로 들어와 도를 전수받으라고 암시를 주시면서 제 머리통에 이만한 혹 세 개를 달아 주신 것 아닙니까? 그래서 잠도 안 자고 여기서 이렇게 기다리고 있는데 '뭘 주워 먹을 게 있다고 찾아왔느냐?'라니요. 저 데리고 장난치시는 거예요?"

수보리조사는 손오공이 자신의 암시를 정확하게 풀고 찾아온 것에 대해 내심 크게 감탄하였다.

'역시, 하늘이 낳아 준 놈이 틀림없구나! 그렇지 않고서야 어찌 나의 암시를 알아차릴 수 있었겠는가.'

손오공은 수보리조사의 옷자락을 붙들고 애원하였다.

"그러지 말고 빨리 가르쳐 주십시오. 여긴 저 말고 다른 사람은 아무도 없습니다. 부디 자비를 베푸시어 저에게 장생불사하는 도를 가르쳐 주십시오. 그러면 그 은혜는 백골난망이겠습니다."

"그래, 수수께끼를 푼 것은 네가 장생불사의 도와 인연이 있는 것이다. 그렇다면 아니 가르쳐 줄 수는 없는 일이지. 좋다! 이리로 가까이 와서 조심해 내 얘기를 들어라."

손오공은 너무나 기뻐 당장에 수보리조사의 이야기에 귀를 기울였다. 그러자 수보리조사는 조심스럽게 입을 열어 하늘의 큰 비밀

을 가르쳐 주기 시작하였다.

"세상을 있는 그대로 바르게 바라보고 두루 통함이 올바른 비결이니라. 살아 있는 생명들을 아끼고 그것들이 고통 받는 것을 안타까워하는 마음으로 수련하는 것 이외에 다른 비법이 없도다. 모든 것이 결국은 생명들 간에 나누는 정과 몸 안의 기운과 그것을 믿는 마음이니 이것을 삼가 마음속에 굳게 간직하여 누설치 말아라. 이를 누설치 않고 몸 안에 지니게 되면 내가 전한 도를 스스로 이룰 수 있을 것이니라. 성현들과 옛 조상들이 전하는 말들을 기억해 두면 여러 가지로 유익할 것이니 사사로운 욕심과 야망을 생각과 마음에서 제거하면 평온함과 맑음을 얻을 것이다. 이것들을 얻게 되면 눈앞이 환하게 밝아 오고 정신과 육체가 깨끗해짐을 느낄 뿐만 아니라 타오르는 불 속에서도 금련화金蓮花를 심을 수 있게 될 것이며 오행을 모아 뒤바꿔 쓰고 그 공이 이룩되면 부처도 신선도 될 수 있는 것이다."

수보리조사가 이렇듯 도의 근원에 대해 설법하자 영리한 손오공은 그것을 명심하였다. 손오공은 기쁜 마음을 속으로 꾹꾹 억누르며 수보리조사에게 몇 번이고 감사의 절을 한 후 조심스럽게 뒷문으로 빠져 나왔다.

어느새, 동녘하늘이 조금씩 밝아 오고 있었다. 인간도 갖기 힘든 장생불사의 열쇠를 거머쥐게 된 손오공은 조심스럽게 사형들이 잠들어 있는 숙소로 다시 돌아왔다. 살금살금 제 침상에 올라간 손오공은 생각할수록 정말로 기쁜 나머지 이불을 머리끝까지 덮어쓰고는 어깨를 들썩거리며 낄낄거리기 시작하였다. 그 시끄러운 소리에 잠을 자고 있던 사형들이 못마땅한 투정을 부리며 몸을 뒤척거리자 흥분을 주체 못한 손오공이 쏜살같이 일어나서 사형들의 침상을 잡아 흔들며 소릴 질러대기 시작하였다.

"일어나요! 잠꾸러기들 같으니라고! 일어나세요! 일어나! 날이 밝았다고요, 날이 밝았단 말이에요! 빨리 일어나 하늘과 더불어 즐거운 하루를 시작해야지요. 이런 식으로 맨날 잠만 퍼 자니 이 모양 이 꼴이지! 와하하하."

지껄이고는 휑하니 밖으로 나가버렸다. 잠에서 깬 사형들은 손오공의 심술 맞은 행동을 보고도 이상함을 느끼지 못했으니 그건 원래 그가 그 모양이었기 때문이었다. 그보다 동물의 육신으로 태어나 말과 예법을 익혀 인간이 되었고 또다시 신선의 비법을 알게 된 손오공은 그날 이후 인간을 넘어서기 위해 하루같이 수보리조사의 가르침을 기억하며 남모르게 호흡법을 연마하기 시작하니 실로 훌륭한 원숭이라 칭찬하지 않을 수 없는 일이었다.

이렇게 수보리조사에게서 큰 도를 전수받은 지 삼 년이 지난 어느 날, 수보리조사는 제자들을 모아놓고 보좌에 다시 올라 설법을 하던 중 문득 제자들을 둘러보며 물었다.

"오공이 녀석은 어딜 갔느냐? 어째 보이질 않는구나. 어디 있는 게냐?"

사람들의 맨 뒷줄 구석자리에 앉아 있던 손오공은 방글방글 웃는 얼굴로 뛰어 나오더니 조사 앞에 꿇어앉으며 대답하였다.

"사부님, 제가 여기 있습니다."

"오호, 요기 있었구나. 그래 너는 그간 내 가르침을 열심히 닦고 있느냐?"

"그럼요! 하루도 게을리하지 않고 있습니다. 사형들이 놀 때도 저는 도를 닦고 사형들이 잘 때도 저는 도를 닦아요. 맨날 도만 닦아요. 그러다 보니 요즘 도를 너무 많이 깨치고 이제는 그 뿌리도 점점 깊이 파고들고 있지요. 더불어 지식도 풍부해지고 있는 것 같아요! 저 착하지요?"

수보리조사는 해맑게 웃고 있는 손오공의 머릴 쓰다듬으며 말하였다.

"착한 건 모르겠지만 머리통은 올 때보다 더 커졌구나! 네 말대로라면 네 녀석은 이미 법성法性을 통하고 그 근원을 알게 되었다. 그렇다면 그것은 네 정신과 몸에 새겨진 것이로다. 하면 이제 너에게 들이닥칠 삼재三災의 재앙만이 남았구나."

손오공은 무슨 말인지 이해를 하지 못해 눈을 깜박이며 물었다.

"이상해요, 뭔가 이상해. 저는 도를 깨쳤으니 병도 걸리지 않고 수명도 하늘과 같아졌잖아요? 그러니 죽으면 안 되는 거 아니예요? 그런데 무슨 세 번의 재앙을 걱정해야 한다는 말씀이세요?"

"내 말을 잘 들어 보아라. 그것이 바로 비상지도非常之道라고 하는 것인데 천지의 조화를 빼앗고 일월日月의 현기玄機를 침범하여 단丹이란 것이 완성되면 하늘은 귀신도 용납치 않는다. 그래서 네 몸이 주름 하나 늘지 않고 장수한다 해도 오백 년이 지나면 하늘이 네놈에게 번개의 재앙을 내려칠 것인데 그때까지 네가 불성佛性을 터득했다면 재앙을 피할 것이요, 그렇지 못했다면 그냥 벼락을 맞아 시커멓게 타 죽게 되는 것이다. 그로부터 다시 오백 년이 지난 뒤에 하늘은 불로서 너를 태울 것이다. 이 불로 말하자면 천화天火도 아니고 평범한 인화人火도 아니다. 이것은 음화陰火라고 부르는데 인간의 발바닥 중심에 자리 잡고 있는 용천혈湧泉穴에서부터 불이 일어나기 시작하여 곧장 정수리 한가운데 있는 니원궁泥垣宮이라는 곳까지 뻗쳐 올라가니, 오장五臟이 재가 되고 사지가 모두 썩어 문드러져 죽게 되는 것이다. 그로부터 또다시 오백 년이 흐르면 이번에는 하늘이 세찬 바람으로 너를 날려 보내게 될 것인데 이 바람은 동서남북에서 부는 바람이 아니요, 그렇다고 화풍和風, 훈풍薰風, 금풍金風, 삭풍朔風이거나 화풍火風, 유풍柳風, 송풍松風, 죽풍竹風도 아니다. 이것은 비풍贔風이라고 부르는 것인데 머리 꼭대기를 통하여 육부六府로 들어가서 단전丹田을 거쳐 구규九竅를 꿰뚫고 지나 뼈와 살이 녹아 없어지니 그 육신이 저절로 녹아 없어지며 죽게 되는 것이다. 지금 말한 이 세 가지의 재앙을 모두 모면한다면 너는 하늘과 더불어 평생을 장생불사할 수 있을 것이요, 그렇지 못한다면 모두 수포로 돌아가면서 비참한 꼴로 죽게 되는 것이다."

이 말을 듣게 된 손오공은 등줄기 가득 소름이 돋아 모골이 송연해지더니 털썩 수보리조사의 무릎에 얼굴을 파묻고는 대성통곡하기 시작하였다.

"어떻게 된 놈의 세상이 뭐하나 해결하면 또 다른 문제가 생기고 그거 해결하면 또 문제가 생기는 거예요?"

수보리조사는 측은지심이 생겨 손오공의 머리를 쓰다듬으며 대답하였다.

"그것은 네가 아직 다 몰라서 그런 것이니라. 그게 다 인과응보에 순응하는 세상 법칙이지. 네가 하늘이 정한 수명을 어겼으니 하늘은 그것에 대한 대가를 받으려 할 것임이 당연한 것 아니겠느냐. 그러니 세상에 속한 너도 거기에 순응해야 함이 마땅한 것이다."

수보리조사의 무릎에 얼굴을 파묻고 있던 손오공은 힘차게 고갤 흔들며 소리쳤다.

"싫어요. 싫어. 제가 죽는 거 싫어하는 건 스승님이 더 잘 아시잖아요. 살려 주세요, 사부님. 제발 살려 줘요. 제자가 사부님 위해 나무하고, 밥짓고, 속옷 빨고, 청소하고, 더러운 똥간 친 거, 그런 거 전부 인과응보로 쳐서 보상해 주세요. 그럼 되잖아요. 어서 삼재를 모면할 방안을 가르쳐 주세요! 저는 죽는 게 싫어요. 무섭고 싫단 말이에요!"

손오공이 이처럼 애걸복걸해대자 수보리조사는 빙긋 웃더니 그의 작은 등을 두드리며 대답하였다.

"알았다, 알았어. 삼재를 비켜 갈 비방을 가르쳐 주도록 하마."

손오공이 눈물을 거두고 반색을 하며 쳐다보니 수보리조사가 말을 이었다.

"네 비록 생긴 것이 사람과 다르고 성품 또한 거칠어서 다소 걱정이 된다만 그래도 나의 사랑하는 제자인데 그냥 죽도록 내버려 둘 수는 없으니 하늘이 숨긴 비법을 전수해 주마."

"옳으신 말씀이십니다. 저를 사랑하신다면 삼재를 모면할 방안이나 얼른 가르쳐 주십시오."

"일단 삼재를 피하는 방법에는 두 가지가 있다. 한 가지는 천강수天罡數를 배우는 것인데 이것을 배우게 되면 서른여섯 가지의 변화를 부릴 수 있게 된다. 또한 다른 한 가지는 지살수地煞數를 배우는 것인데 이것을 배우면 일흔두 가지의 변화를 부릴 수가 있게 된다. 너는 어떤 것을 배우겠느냐?"

"멍청이가 아니고서야 누가 서른여섯 가지를 배우겠습니까? 당연히 일흔두 가지를 부릴 수 있는 것이 낫습지요. 저는 지살수를 배우겠습니다."

"허허허, 잇속 밝은 원숭이로고. 이리 가까이 오너라. 내 너한테 지살수의 비결을 알려 주마."

수보리조사는 손오공의 귀에 대고 나지막하게 지살수의 엄청난 법술을 가르쳐 주었다. 이로써 손오공은 사람들의 생사를 쥐고 있는 염라대왕에게서 자신의 명줄을 되찾고 세상천지 뒤흔들 지살수라는 변화무쌍變化無雙 비법을 터득하게 되었으니 가히 범접하기 힘든 무서운 원숭이가 되고 말았다. 수보리조사에게 지살수의 비법을 전수받은 손오공은 그로부터 삼재를 비켜 가고자 스스로 갈고 닦기를 꾸준히 하더니 어느새 일흔두 가지의 법술을 모두 습득하기에 이르렀다.

어느 날, 수보리조사는 여러 제자들과 함께 삼성동 앞에서 저녁 노을이 지는 붉은 산의 경치를 구경하다가 문득 손오공을 보고 물었다.

"오공아, 너는 법술을 얼마쯤이나 익혔느냐?"

"사부님 덕분에 이미 공부를 끝냈는지라 이제는 구름을 타고 자유롭게 날아다닐 수 있게 되었습니다."

"그래? 그럼, 어디 한번 날아보려무나."

수보리조사의 말에 손오공은 얼른 몸을 솟구쳐 몇 번의 공중제비

를 하며 껑충 치솟아 뛰어 오르더니 구름을 밟고 서서는 밥 한 끼를
먹을 사이 삼 리 가량 날아갔다 와서 수보리조사 앞으로 훌쩍 뛰어
내리며 싱글벙글 자랑스럽게 말하였다.

"헤헤헤, 사부님, 어떻습니까? 이것이 바로 구름을 타는 술법입
니다. 대견하지요?"

그 모습을 보자 수보리조사는 제자 손오공이 제법 귀여워서 한 가지 비술을 더 가르쳐 주고자 운(韻)을 떼듯 이렇게 말하였다.

"그래, 제법 잘했다. 허나 네가 구름을 타고 돌아다닌 것은 겨우 구름에 기어 올랐다고 할 정도밖에 안 되는 것이다."

스승이 그렇게 말하는 것에는 무슨 의미가 있음을 눈치 빠른 원숭이가 놓칠 리 없었으니, 손오공은 즉시 머릴 조아리며 간청하였다.

"사랑하는 사부님, 저는 사부님이 정말 좋아요! 이왕 가르쳐 주신 것이니 뜸들이지 말고 구름 타는 술법까지 가르쳐 주십시오. 그럼, 크신 은혜는 결코 잊지 않을 거예요."

세상의 앞날을 내다보는 수보리조사는 훗날 손오공이 어떤 인물이 될지 어렴풋이 짐작되는 바가 있었다. 그런 그가 연방 굽실대는 모습을 보니 입가 가득 절로 웃음이 맺혀 이렇게 말했다.

"그래. 결코 은혜를 잊지 말아라. 그런데 너는 공중제비를 몇 번 해서야 겨우 구름 위에 올라타지? 그렇게 공중제비를 할 바에는 아예 근두운(筋斗云)법이란 것을 가르쳐 주마. 이 술법을 배우면 한 번의 공중제비로 십만 팔천 리를 갈 수가 있는 대단한 것이다."

수보리조사는 손오공의 귀에 대고 근두운법을 어떻게 쓰는 것인지에 대해 설명해 주었고, 손오공은 그날 밤부터 정성을 다해 익히고 닦아 근두운 타는 술법까지 완벽히 터득하게 되었으니 이젠 하늘 신들을 능가할 경지까지 가고만 무적의 원숭이가 되고 말았다.

어느 가을날, 수보리조사의 제자들은 다함께 밤나무 그늘 밑에 모여서 법술에 대한 공부를 하고 있었다. 헌데 옆에 쪼그려 앉아 한가롭게 밤을 까먹으며 낄낄대는 손오공을 보자 사형들은 몹시 궁금증이 생겨 이렇게 물었다.

"오공아, 너는 언제 법술과 인연을 맺었니? 전날 조사님께서 삼재를 모면할 방법을 너에게 귓속말로 일러 주시던데 그때 모두 익힌 것이니?"

손오공은 까놓은 밤 하나를 건네 주며 대답하였다.

"완전하게 익히지는 못해서 아직은 어설퍼요."

사형들은 부러움 가득한 표정을 지어 보이며 말하였다.

"부럽구나, 네가 몹시 부러워. 사람이 공부를 많이 하는 것은 출세를 바라는 마음 크기 때문이니 공부가 다 차면 세상을 위해 그 재주를 펼치라는 뜻에서 임금으로부터 그에 합당한 벼슬 관직을 하사받게 되고, 우리 같이 도를 구해 신선이 되려는 자는 하늘로부터 그 재주에 합당한 자리를 받게 되는 것이 이치가 아니냐. 그런 생각을 해 보면 오공이 네가 정말 부럽구나, 부러워."

그 말을 들은 손오공이 자신도 모르는 사이 자만심이 싹터 어깨를 으쓱거리자 사형들은 말을 이었다.

"오공아, 그러지 말고 지금까지 익혀 놓은 재주 좀 보여 주렴."

사형들의 부러움을 산 손오공은 손을 툭툭 털며 대답하였다.

"까짓것 보여 드리지요. 무엇으로 변할까요? 말씀만 해 보세요."

"좋다. 소나무로 둔갑해 보렴."

손오공이 곧장 주문을 외워 몸을 한 번 흔드니 눈 깜짝할 사이에 씩씩하고 잎이 푸른 소나무로 변하였다. 사형들이 "와~, 대단하구나!" 하며 크게 탄성을 지르고 박수갈채를 보내자 이 소리가 얼마나 컸던지 그만 집안에 있던 수보리조사가 놀라 다급히 문을 열고 밖으로 뛰쳐 나오게 만들었다.

"웬 놈들이 여기서 시끄럽게 떠들어 대느냐?"

수보리조사의 호통소리에 당황한 제자들은 얼른 몸가짐을 바로잡고 대답하였다. 놀란 손오공도 서둘러 둔갑을 풀고 무리 속으로 들어가 섰는데 제자들 중 맏이가 앞으로 나서며 대답하였다.

"실은 저희들이 오공이더러 둔갑을 해 보라고 하였습니다. 그 재주가 하도 신통하여 소인들이 박수갈채를 보낸다는 것이 그만 외람되게도 조사님을 놀라시게 했습니다. 용서해 주십시오."

그 말을 들은 수보리조사는 손오공을 꾸짖고자 시선을 돌려 바라보았다. 그런데 뜻밖에도 그에게서 그동안 보이지 않던 오만함이 가득 차 있는것이 보였다. 순간, 조사의 마음에는 알 수 없는 상념이 피어올라 말을 하지 못하고 지그시 눈을 감아 버렸다. 이 모습을 보자 손오공을 비롯한 제자들은 스승이 몹시도 화가 났는가 싶어 어쩔 줄 몰라 서로 눈치만 살필 뿐이었다. 잠시 후 조사는 무슨 생각이 들었던지 눈을 뜨며 말하였다.

"오공이는 여기 남아 있고 나머지는 모두 돌아가거라."

손오공이 큰일 났다 싶어 안절부절 못하며 어쩔 줄을 몰라 하고 있으려니 수보리조사가 손오공을 보며 무섭게 호통을 쳤다.

"넌 웬 같잖은 자랑질이더냐! 그깟 소나무로 둔갑한 것을 가지고 뽐낼 작정이더냐?"

한번도 볼 수 없었던 스승의 서릿발 같은 노여움에 손오공은 기겁하여 빌기 시작했다.

"사부님, 잘못했습니다. 용서해 주세요, 제발 용서해 주십시오."

"네게 벌을 주고 싶은 생각은 없다! 대신 너는 여기를 떠나거라!"

수보리조사의 청천벽력과도 같은 말을 듣게 된 손오공은 즉시 땅바닥에 엎드려 두 손 모아 애처롭게 빌었다.

"사부님, 저더러 어디로 가라는 것입니까? 제가 잘못했습니다. 다시는 그러지 않을 테니 제발 용서해 주십시오."

"네 녀석이 온 곳이 있으니 되돌아가면 될 것이 아니냐."

"스승님, 제가 집을 떠나온 지 어언 이십 년이 되었습니다. 비록 옛 자손들이 그립기는 합니다. 하지만 스승님의 하늘같은 은혜에 보답하지 못했으니 떠나지 못하겠습니다."

"은혜는 무슨 은혜란 말이냐. 이 모든 것이 이미 하늘이 너와 내게 내린 인연이거늘. 다만 네 녀석이 그저 화를 불러일으키지 않고 나에게 연루만 시키지 않는다면 그것으로 다행이겠다.”

스승의 노여움이 쉽게 풀리질 않겠다 싶은 손오공은 더욱더 매달리며 애원했다.

“사랑하는 스승님. 제자가 잘못했습니다. 그간의 정을 생각하시어 노여움을 그만 푸십시오. 제발 노여움을 푸세요.”

스승이 눈을 감은 채 아무런 대답도 하지 않자 눈치를 살피던 손오공은 벌떡 일어나더니 소리쳤다.

“알았어요! 떠날게요. 떠나! 제자가 그렇게 꼴 보기 싫다 하시니 떠나는 것이 제자의 도리겠지요. 그런데 떠나기에 앞서 한 가지 말씀드리는데, 이제 제가 없으면 엄청나게 보고 싶을 거예요. 그럼, 안녕히 계세요! 전 이제 정말 떠나는 거예요! 정말 떠나는 거라구요!”

그리고는 휑하니 돌아서서 터벅터벅 산 아래 오솔길을 걸어 내려가며 또다시 떠들었다.

“잘 생각하세요! 제가 없으면 스승님은 밤도 못 먹고, 잣도 못 먹고, 내가 끓인 차도 못 마시고, 등이 가려워도 못 긁고, 내 노래도 못 듣고, 내 재롱도 못 보고…….”

그렇게 떠들며 걷던 손오공은 조사의 반응을 살피고자 슬그머니 뒤를 돌아보았다. 그런데 수보리조사가 뜻밖에도 떠나는 자신을 붙들기는커녕 팔을 휘휘 저으며 집으로 들어가려는 것이었다. 놀란 손오공은 조르륵 달려와 스승의 허리를 감싸 안으며 외쳤다.

"왜 이러세요. 제발 이러지 마세요! 제가 잘못했어요. 그러니 그만 용서해 주세요. 스승님."

"이놈! 떠난다 했으면 떠날 것이지 어딜 엉겨붙느냐! 당장 사라지지 못할까!"

수보리조사가 갑자기 엄동설한 서릿발 같은 노기를 띠며 손오공의 멱살을 잡아 내던지니 불쌍하게도 흙바닥을 나뒹굴었다. 수보리조사는 아랑곳하지 않고 말을 이었다.

"잘 들어라! 내가 보니 네 녀석이 이 길로 떠나면 반드시 좋지 못한 일을 벌일 게다! 네가 어떤 화를 초래하고 못된 짓을 하던지 간에 내 제자였던 사실을 입 밖에 내서는 아니 될 것이다. 만약 일언반구라도 뻥긋했다간 내 당장 알게 될 것이고 네놈을 찾아가 가죽을 벗겨 뼈를 발라 버리고 혼은 땅 속 가장 깊은 곳에 유폐시켜 만 겁이 지나도 다시 태어나지 못하게 만들 것임을 명심하고 또 명심해야 할 것이다! 다시 한번 말하지만 절대 스스로의 능력을 과신하거나 자랑하려 들지 말아야 할 것이야!"

주저앉아 이 소릴 듣던 손오공은 정말 파문임을 알게 되니, 그만 하늘이 꺼져 내리는 것만 같았다. 여느 생명들처럼 부모의 정을 단 한번도 느껴 보지 못하고 살아왔던 손오공. 그런 그가 스승에게서 처음 그 귀한 감정을 느꼈고 그것이 그렇게도 행복했던 것인데 이젠 그것의 기한이 끝나 영원히 거둔다는 말을 들었으니 두 눈 가득 그렁그 렁 눈물이 맺혔다. 그런 시선을 스승에게 던지며 손오공은 흐느껴 말 하였다.

"스승님, 왜 그러세요. 제자의 타고난 성품이 방정맞긴 하지만 그것도 하늘이 내리신 거라며 귀여워하셨잖아요. 이젠 아니에요? 제가 그냥 미우세요?"

손오공은 스승의 대답을 기다렸으나 스승의 입은 굳게 다문 채 열릴 줄 몰랐다. 손오공은 불현듯 자신이 사람이 아님에도 많은 비 법을 가르쳐준 것이 후회스러워 미워하시는 것인가 하는 생각이 들 었다. 손오공은 벌떡 일어나 몸을 흔들어 젊은 장정으로 변해 보이 며 물었다.

"스승님, 혹시 제자의 모습이 싫어서 그런 것이라면 이런 모습은 어떠세요?"

그는 즉시 귀여운 모습의 삼척동자로 변하더니 다시금 물었다.

"스승님, 이런 모습은 어떠세요? 지금처럼 곁에서 모시게만 해 준다면 평생 이렇게 지내도 좋아요."

"이건 어떠세요? 곁에만 있게 해 주세요. 곁에만요."

이렇듯 오만가지 둔갑을 부리니 그 모습이 하도 안타까웠던지라 수보리조사는 그의 앞으로 다가가 그의 머릴 보듬으며 말하였다.

"오공아, 이제 그만하여라. 그만해."

손오공이 그제야 스승의 옷자락을 붙들고 엉엉 우니 수보리조사가 말을 이었다.

"너를 만난 것도 하늘이 맺어 준 인연이고 여기서 헤어짐도 하늘이 만든 너와 나의 인연이구나. 네가 비록 인간들보다 못하다고 하는 짐승의 모습으로 태어났다만 그 머리가 비상하여 하늘과 천수를 누릴 수 있는 도를 터득하게 되었다. 허나 진정한 대각大覺을 열 수 있는 큰 도를 깨닫지는 못하였느니라. 큰 도를 깨닫고자 한다면 인간들이 모두 가져야 할 자비와 사랑을 마음속에서 일으켜야 하거늘 너는 본디 단단하고 차가운 성질인 돌로서 그 성품을 삼았고, 또한 동물의 모습으로 육신을 삼았으니 사랑과 자비를 깨닫는다는 것이 얼마나 어려울지 모르겠다. 그것을 생각하면 장차 네 앞길에 벌어질 큰일들이 너무도 안타깝고 걱정스럽구나. 그런 걱정이 앞서 내가 너에게 경각심을 주고자 방편을 세웠던 것이니 너무 매정하다 여겨 슬퍼 말거라. 하늘의 뜻이기에 나로서도 어쩔 도리가 없구나."

스승의 말을 듣고 있노라니 손오공은 서러움이 극에 받쳐 대성통곡만 할 뿐이었다. 수보리조사는 그런 그가 측은하여 한동안 품에 안고 있더니 이내 이렇게 타일렀다.

"백번 천번 말로는 설명할 수 없는 것이 깨달음이다만, 그래도 걱정이 되어 다시 한번 당부하니, 너는 자만하지 말고 참아내야 하느니라. 그로 인해 인내와 자비의 선함을 얻거든 그것을 잃어 버리지

않도록 노력하고 또 노력하며 살아야 한다. 그렇게만 한다면 도를

깨우쳐 너의 자릴 얻게 될 것이니. 만약 네가 이것들을

깨닫지 못한 상태에서 큰 난관에

봉착하거든 내가 가르친 모든

재간을 힘껏 발휘하여라.

그리하면 죽음을 면할

수 있을 것이다."

자신의 앞날을 예측할 수 없었던 손오공은 스승의 얘기가 무엇을 말하는지 못 알아들었지만 그래도 좋은 뜻이겠거니 해석하며 연신 고개만 끄덕일 뿐이었다. 조사는 손오공의 눈물을 닦아 주고는 즉시 근두운을 불러 내더니 말하였다.

"자, 이제 그만 너의 길을 향해 가거라."

손오공은 바로 구름에 오르지 않고 미적거리며 조심스럽게 물었다.

"그렇게 원하시니 떠나는 건 떠날게요. 근데 궁금한 게 있어서 그런데요. 저 파문 당한 거 아니지요?"

"그래."

"그럼, 스승님과 사형들이 보고싶을 땐 가끔 놀러 와도 되는 거지요?"

"그래."

조사의 입은 그렇게 대답하고 있었으나 손오공이 떠나면 그도 즉시 제자들과 함께 가산을 챙겨 이곳을 떠날 생각이었다. 그것도 모르는 손오공은 싱글벙글 큰절을 올리더니 즉시 구름에 올라타고선 자신의 고향이자 보고 싶은 자손들이 있는 동승신주를 향해 번개처럼 날아갔다.

드디어 장생의 큰 꿈을 이룬 원숭이 임금. 과연 그의 앞날에 어떤 큰 일이 펼쳐질지는 아직 알 수 없으니 이에 대해서는 하회를 보라.

제3화

천하보배를 얻은 손오공

원숭이 왕 손오공. 그는 그토록 꿈에 그리던 장생불사의 큰 신통력을 얻었음은 물론이요, 축생의 영혼을 벗고 인간으로서도 이루기 힘든 환골탈태의 경지를 이뤄 신선이 되었다. 그는 삶에 대한 욕심으로 아옹다옹 살아가는 속세로 돌아오자 마음속으로부터 또다시 자만심이 일기 시작하더니 조금 전 스승의 간절한 충고와 다짐은 새까맣게 잊어 버렸다. 고향인 화과산 수렴동에 도착한 손오공은 구름 위에서 뛰어 내리더니 큰 소리로 외쳤다.

"이 녀석들아, 어디 있느냐? 죽지도 않는 대왕님께서 돌아왔다!"

누군가 자신들을 불러대는 소리에 수렴동 원숭이들이 하나둘 모습을 드러내는데 어떤 원숭이는 벼랑 아래 돌 틈 사이에서, 어떤 원숭이는 꽃과 수풀에서, 어떤 원숭이는 나무 속에서 뛰어 나왔다. 그런 그들은 손오공을 보자 한결같이 울먹이는 목소리로 "대왕님!"
하고 달려오더니 뚝뚝 눈물을 흘리며 원망부터 풀어 놓는 것이었다.

"대왕님, 왜 이제야 오십니까? 저희들을 버려 두고 떠나신 지가
얼마인데 그렇게 태평스러우실 수 있단 말입니까? 저희들은 근자에
어디선가 나타난 마귀 한 마리 때문에 우리들의 살림살이와 아이들
을 강제로 빼앗기고 말았습니다. 대왕님께서 조금만 더 늦게 오셨
더라면 우리가 살고 있는 이 산 굴마저도 그놈에게 빼앗기고 말았
을 겁니다."

그 소리를 들은 손오공은 눈알이 뒤집힐듯 울화가 치밀어 이를
바득바득 갈고 자리에서 방방 뛰며 소리쳤다.

"어떤 놈이냐? 어떤 놈의 마귀 녀석이 너희들을 못살게 굴었단
말이냐? 내가 당장 그놈을 찾아가 사지육신을 찢어 복수를 하고야
말 테다!"

크게 노한 손오공이 흉맹한 기운을 뿜내며 복수하겠다고 소리치
자 신이 난 원숭이들은 저마다 북쪽을 가리키며 소리쳤다.

"대왕님, 그놈은 혼세마왕混世魔王이라고 자칭하는데 저 북쪽에
살고 있습니다. 대왕님께서는 서둘러 가서서 그놈을 혼내 주시고
우리 아이들을 구해 주십시오."

손오공은 부하들에게 마음 편히 놀고 있으라고 분부를 하더니 근
두운을 잡아타고 순식간에 마귀가 사는 북쪽 산으로 날아왔다. 과연

마귀가 살고 있는 탓인지 가파르게 굽이치는 계곡과 깎아 지르는듯 험준한 벼랑은 사악한 기운이 가득 들어차 있었는데 그 벼랑 중 한 곳에 수장동水臟洞이라는 현판이 걸린 동굴이 있었다. 동굴 문 앞에는 크고 작은 졸개 요괴들이 모여 서로 밀고 당기며 힘겨루기를 하는 등 신나게 놀고 있었는데 손오공은 그것들을 보자 천둥 치듯 호통을 쳤다.

"이 몹쓸 요괴 놈들아! 난 저 정남쪽에 있는 화과산 수렴동의 대왕님이다. 혼세마왕이란 건방진 놈이 어떤 놈이기에 매번 나의 자손들을 못살게 괴롭히느냐? 썩 튀어나와 이 어르신과 자웅 한번 겨루잔다고 알려라!"

요괴들이 놀라 바라보니 그곳에는 조그만 원숭이 한 마리가 위풍당당하게 서 있었다. 겁을 집어 먹은 요괴들이 서둘러 달려 들어가 이 사실을 마왕에게 알리자 혼세마왕은 급히 자신의 갑옷을 챙겨 입더니 시퍼런 칼을 들고 병장기로 무장한 졸개들을 이끌며 밖으로 달려 나갔다.

한편, 마귀가 나오기를 기다리며 흥분되는 마음을 추스르기 위해 가볍게 몸을 풀고 있던 손오공은 씩씩 거친 숨을 몰아쉬며 달려 나오는 혼세마왕을 보자 깜짝 놀랐다. 자신의 키는 넉 자도 못 되는 반면 동굴 앞에 나와 버티고 선 혼세마왕의 키는 세 길이요, 허리만도 열 아름은 족히 넘어 보였고, 호랑이처럼 거칠게 뻗친 수염에 금방이라도 잡아먹을 듯 부라리는 눈은 한눈에 보아도 흉맹한 요괴임에 틀림없기 때문이었다. 손오공이 침을 꿀꺽 삼키며 쳐다보고 있자 혼세마왕은 기선제압을 하려고 호통을 쳤다.

"어떤 놈이 수렴동의 임금이기에 겁도 없이 나와 겨뤄보자고 떠드는 것이냐?"

"이런 돼 먹지 못한 마귀 놈아. 네 커다란 눈알은 썩은 동태눈이더냐! 어째서 이 어르신의 모습이 보이지 않는단 말이냐?"

"으하하, 이런 맹랑한 원숭이놈을 봤나. 키는 쥐방울만한 게 아무런 병장기도 없이 감히 나를 우롱하고도 살아 돌아갈 수 있을 것 같으냐? 내 이 자리에서 너를 죽이고 네가 사는 수렴동으로 찾아가 네놈 자손들을 모두 잡아 도륙을 내 버리겠다."

"무식한 것이 명을 재촉하는구나! 그래 이 어르신이 키가 작고 병장기가 없다 해서 얕잡아본 모양인데 내 주먹맛을 보고도 그 따위 소릴 지껄일 수 있는지 보자!"

손오공은 말이 끝나기 무섭게 밤톨만한 작은 주먹을 앙칼지게 움켜쥐고선 쏜살같이 달려가 마왕의 얼굴을 향해 휘둘렀다. 전광석화처럼 날아드는 주먹을 보고 혼세마왕은 깜짝 놀라 급히 팔을 들어 막으며 소리쳤다.

"이런 쥐방울이 주먹을 쓰는데 내가 칼을 쓴다면 남들의 비웃음을 사게 될 터. 나도 주먹으로 상대해 주지!"

혼세마왕은 칼을 내던지고 손오공의 빈틈을 노려 손발을 휘두르기 시작하였다. 수렴동의 원숭이 왕과 수장동의 요괴 마왕은 상대의 숨통을 끊고 자신의 목숨을 보존하기 위해 막고, 치고, 휘두르며 뒤엉켜 싸우자, 이를 지켜보는 크고 작은 졸개들은 북을 두드리고 징을 치며 신명 나게 싸움을 북돋았다. 두 왕의 싸움이 이삼십 합에 이르자 자신만만하던 마왕은 숨을 몰아쉬며 손놀림이 둔해지기 시작하였다. 그렇다 보니 처음과 다름이 없는 손오공의 매서운 공격에 얼굴이 찢어지고, 복부를 걷어차이는가 하면, 발길질에 급소를 채여 울고불고 악을 쓰는 등 꼬락서니가 말이 아니었다. 세궁역진勢窮力盡한 마왕은 급히 몸을 돌려 달아나더니 팽개쳤던 칼을 집어 들어 뒤쫓아 온 손오공의 정수리를 향해 힘껏 내리쳤다. 손오공은 재빨리 몸을 젖혀 피하더니 자신의 팔뚝에 붙은 털 한 줌을 뽑아 입에 넣고 질겅질겅 씹다가 혼세마왕 얼굴을 향해 '훅' 하고 내 불며 외쳤다.

"변해라!"

그러자 손오공의 체내에 가득한 신선 기운이 털과 함께 뒤엉켜 삽시간에 이삼백 마리의 작은 손오공으로 변하더니 혼세마왕을 둘러싼 채 날카로운 송곳니를 드러내며 으르렁거렸다. 혼세마왕과 졸개들이 기겁하게 놀라 달아나려 하자 이를 눈치 챈 손오공이 소리쳤다.

"도망치지 못하도록 한꺼번에 공격해라!"

추상같은 호령이 떨어지자 작은 꼬마 손오공들은 쏜살같이 혼세마왕의 앞뒤 위아래로 달라붙어 공격하기 시작하였다. 이삼백 마리의 손오공들이 정신없이 소리를 질러대며 사방으로 공격해 오자 혼세마왕은 마구잡이로 칼을 휘두르며 떨어뜨리려고 발버둥을 쳤다. 이삼백 마리의 작은 손오공들은 폴짝폴짝 뛰며 혼세마왕을 끌어안는 놈은 끌어안고 잡아당기는 놈은 잡아당기면서 혼세마왕의 큰 눈알을 후벼 파고, 코를 잡아 비틀고, 귀를 물어뜯고, 급소를 꼬집는 등 반죽음으로 만들어 놓았는데, 그 중에 두 마리가 혼세마왕의 손가락을 물어뜯자 그만 휘두르던 칼마저 바닥에 떨어뜨리고 말았다.

당황한 혼세마왕이 어쩔 줄을 몰라 하자 그 틈을 놓칠 리 없는 손오공이 재빨리 뛰어가 혼세마왕의 칼을 낚아채었다. 그 칼을 치켜들어 그대로 공중으로 솟구쳐 뛰어 올랐다가 떨어지면서 혼세마왕의 정수리를 힘껏 내리치자 혼세마왕은 반으로 두 쪽이 나면서 어이없는 죽음을 맞고 말았다. 손오공의 무시무시하고 잔인한 행동에 놀란 졸개 요괴들은 들고 있던 병장기들을 내팽개치고 허겁지겁 동굴 속으로 달아났다.

손오공은 작은 원숭이 무리들에게 명령하여 버려진 병장기를 들게 한 다음 그들을 거느리고 수장동으로 쳐들어갔다. 이후 눈에 띄는 대로 크고 작은 요괴들을 도륙을 내니 삽시간에 수장동이 시뻘

건 피로 냇물을 이루었다. 손오공은 젖도 못 뗀 새끼 요괴까지 모조리 죽여 버리고 난 다음 요괴들이 입고 있던 갑옷과 병장기들을 모두 수거하여 한곳에 수북이 쌓아 놓았다. 그리고 몸을 흔들어 분신술을 거두자 그의 앞에 모여 있던 작은 원숭이들은 다시 털로 변하여 손오공의 팔뚝에 척하고 달라붙었다.

그런데 이상한 일은 법술을 걷어 들였음에도 불구하고 사오십 마리가 털로 변하지 않고 그대로 동굴 벽 구석에 꿇어 엎드린 채 머리를 땅에 파묻고 있는 것이었다. 정황을 물었더니 그들은 수렴동에서 혼세마왕에게 붙들려 온 자손들이었다. 손오공은 그들을 시켜 혼세마왕에게 빼앗겨 왔던 돌 솥, 돌 밥그릇 등 수렴동에 있던 모든 물건들을 밖으로 내어 가게 하였다. 그런 다음 마른 나무와 풀들을 모아 오게 하여 그것들로 수장동 입구를 모조리 틀어막은 채 불을 질러 아예 수장동을 잿더미로 만들어버렸다. 모든 정리가 끝난 것을 확인한 손오공은 손가락을 구부려 수결을 맺더니 주문을 외워 커다란 회오리바람을 일으켜 밖으로 내온 물건들과 원숭이들을 싣고서 화과산으로 돌아갔다.

손오공이 돌아오자 여러 원숭이들은 되찾아 온 가재도구들을 굴 안으로 옮겨 놓고 손오공을 데려다 상석에 앉힌 다음 "대왕님, 만세!"를 외치며 큰절로 인사를 올렸다. 그리고는 곧 술과 신성한 과

일을 준비하여 손오공을 위한 축하연을 베풀었다. 술이 거나하게 취한 손오공이 그간 도를 터득한 일부터 혼세마왕을 죽인 일까지 자랑 삼아 신나게 늘어 놓으니 여러 원숭이들은 크게 감탄하며 손오공을 존경하게 되었다.

"너희들에게 기쁜 소식이 하나 있는데 이제 우리들도 인간처럼 성姓이란 것을 가지게 되었단다."

손오공의 말을 들은 나이 많은 원숭이 하나가 능글맞게 다가와 비스듬히 앉더니 물었다.

"정말이요? 그렇다면 대왕님께서는 성을 어떻게 쓰십니까?"

"성은 손가이고 법명은 오공이다."

나이 많은 원숭이는 크게 감격하여 이렇게 말하였다.

"와! 우리들의 태조太祖이신 대왕님의 성이 손가이니까, 우린 모두 손가네요. 둘째 손, 셋째 손, 그리고 막내들. 이제 우리 모두다 손씨 일가군요."

나이 많은 원숭이의 말에 모든 원숭이들은 일제히 손뼉을 치며 크게 기뻐하였다.

성姓과 명名…….

누구나 가지고 있어 대수롭지 않게 여길 수도 있는 그것. 하지만 세상 이치에 영구불멸이라 함은 없지만 오직 사람들마다 붙어 있는 성씨와 그에 따르는 이름만은 영원함을 얻을 수 있는 기회이다. 그 시작은 비록 보잘 것 없을 수 있지만 인생을 마감하는 순간 사람이 해 왔던 공과의 판단은 이름값을 했느냐 하는 것이 기준이 된다. 이렇듯 고귀한 성을 가졌다는 것에 대한 큰 자부심을 가지게 된 수렴동의 손씨 일가는 날이 새도록 술에 취해 흥청거렸다.

여하튼 이제 인간과 같은 성을 가지게 된 수렴동 손씨 일가는 그 성을 밝게 빛내 존명尊名을 떨치게 될 것인지, 아니면 추악한 악명惡名을 떨치게 될 것인지는 알 수 없는 일이라 그의 행적을 따라가 보는 수밖에 없겠다.

손오공은 장생불사의 큰 꿈을 이루고 고향으로 돌아와 마귀로부터 고통 받던 수렴동 부하 원숭이들을 구한 이후 크게 깨달은 바가 있어 군대를 갖춰야 겠다는 생각이 들었다. 그날로 혼세마왕의 동굴에서 가져온 병장기와 갑옷들을 부하 원숭이들에게 나눠 갖게 하고는 직접 지휘하여 날마다 원숭이들에게 무예를 가르치니 "명장 밑에 졸장 없다."는 말이 있듯 손오공의 지휘 아래 원숭이들의 실력은 하루가 다르게 늘어만 갔다.

어느날, 손오공이 수렴동의 부하 원숭이들을 한곳에 모아 놓고 머릿수를 점검해 보니 모두 사만 칠천이나 되었다. 이 소식은 삽시간에 화과산 주변으로 퍼져 나갔고 산짐승들은 무서워서 벌벌 떠는가 하면 일흔두 곳에 진을 치고 있던 사나운 요괴들은 수렴동으로 모두 찾아와서 손오공을 배알하고 해마다 공물을 바치기 시작하였다. 이렇듯 수렴동 손씨 일가의 명성이 높아지자 원숭이들은 손오공을 더욱 존경하여 그의 명령에 따라 무예를 닦는 놈들은 열심히 무예를 닦고 식량을 조달하는 놈들은 부지런히 식량을 조달하였다. 이러기를 오래하니 어느새 수렴동은 질서가 정연하게 되었고, 화과산의 손씨 일가의 위세는 천하를 뒤흔들 정도가 되었다.

하루는 손오공이 여러 원숭이들과 술을 마시며 신나게 잔치를 벌이고 있었다. 하지만 손오공은 무슨 고민거리가 있는 듯 한숨을 푹푹 내쉬기만 할 뿐 전혀 어울려 즐기지를 못하고 있었으니 이를 본 나이 많은 원숭이들이 몰려들어선 안색을 살피며 물었다.

"이렇게 즐거운 날 대왕님께서는 무슨 걱정이 있으십니까?"

미후왕은 혼세마왕에게서 빼앗은 칼을 들어 보이며 대답하였다.

"이 칼 말이다. 내가 폼나게 쓰려고 가져왔는데 아무리 봐도 푸줏간 고기 썰던 칼 같지 않냐?"

"맞습니다. 솔직히 대왕님이 이걸 질질 끌고 다닐 때 보면 영락없는 푸줏간 주인 같았습니다. 대왕님은 성인이시니 이따위 속된 것들의 병장기는 쓰시지 않는 것이 좋지요. 행여 전쟁이라도 났을 때 이런 것 들고 나가 설쳐대면 적들에게 조롱당할 것이고 그럼 괜히 애들 사기만 떨어집니다."

손오공이 고갤 끄덕이며 수긍하자 늙은 긴팔원숭이가 물었다.

"그런데 대왕님께서는 혹시 물속에 들어가실 수 있습니까?"

"나야 일흔두 가지 술법을 익힌 몸인데 그뿐만이 아니라 하늘과 땅속은 물론 불속과 물속도 마음대로 오갈 수 있지. 그런데 그것은 왜 묻느냐?"

"실은 우리 이 철교 밑으로 흐르는 물은 동해의 용궁과 이어져 있습니다. 대왕님께서 그렇게 대단한 신통력을 가지고 계신다면 동해 용왕을 한번 찾아가 보십시오. 그러면 원하시는 병장기를 구하실 수도 있을 테니까요."

"그래? 그럼 한번 가 봐야겠다!"

손오공이 떠나려 하자 늙은 성성이가 물었다.

"그냥 가시려고요? 물건을 얻으려면 그만한 사례를 해야 할 텐데 돈은 있습니까?"

손오공은 서슴없이 들고 있던 칼을 내밀어 보이며 대답했다.

"이거 주지 뭐!"

늙은 원숭이들은 깔깔대며 말하였다.

"훌륭한 생각이십니다. 굉장히 좋아할 겁니다. 좋아할 거예요."

손오공도 깔깔대며 원숭이들과 함께 철교로 달려갔다.

"지금 이 길로 용궁에 들어가 훌륭한 무기를 얻어 올 것이니, 너희들은 신나게 놀고 있어라."

손오공은 즉시 손가락을 구부려 물을 막는 피수법避水法을 쓰더니 물길을 헤치면서 곧장 동해의 바다 밑까지 헤엄쳐 갔다. 한참을 가고 있는데 저만치 앞에서 물고기 병사들을 이끌고 바다 속을 순회하던 무섭게 생긴 야차夜叉가 앞을 막아서며 물었다.

"거기 물을 열고 오는 분은 어느 신성神聖이시오?"

"난 하늘이 내신 성인 화과산의 손오공님이시다. 너희들의 동해용왕과는 친척인데 감히 이 몸을 못 알아보느냐?"

손오공이 못마땅한 인상을 쓰며 대답하자 야차는 잠시 그를 기다리게 한 후, 급히 수정궁水晶宮으로 들어가 동해용왕 오광敖廣에게 보고하였다.

"용왕님, 지금 밖에 화과산 성인 손오공이라는 분이 와 계십니다. 용왕님과는 친척이라 하며 이제 곧 궁전으로 들어올 것입니다."

동해용왕은 손오공이란 이름을 듣자 화들짝 놀라며 소리쳤다.

"손오공?"

"예, 지금 용궁 앞에서 기다리고 있습니다."

동해용왕 오광은 미간을 찌푸리며 괴로워하고 있다가 이내 고개를 들며 말하였다.

"소문으로 듣자니 성질 고약한 자라기에 만나지 않기를 바랐건만⋯⋯. 어쩔 수 없지 이것도 인연일 터, 마중하러 나가 봐야겠구나."

동해용왕은 서둘러 아들과 손자, 새우병사와 게장군을 불러 그들과 함께 영접을 나갔다. 용왕은 밖에서 기다리고 있던 손오공을 보자 짐짓 반가운 듯 깍듯하게 예를 갖추며 말하였다.

"존귀하신 신선이시여, 어서 들어가시지요."

그러자 손오공도 예를 갖추어 인사를 하고는 용왕의 안내를 받으며 궁중으로 들어갔다. 용왕은 손오공에게 자리를 권하고 앉아 차를 내오게 하여 대접한 다음 물었다.

"성인님께서는 언제 도술을 배우셨는지요?"

"저는 출생 후 일찍 도를 닦아 영생불멸의 몸으로 되었습니다. 근간에 저의 자손들을 가르쳐 산속의 굴을 지키려는데 제가 쓸만한 적당한 병장기가 없어서 폐를 끼치고자 일부러 찾아왔습니다."

눈을 동그랗게 뜨고 삐죽한 주둥이를 들이밀며 부탁하는 손오공의 얼굴을 마주보고 있으려니 용왕은 은근히 겁이 났다.

'이쿠, 가까이서 보니 정말 못되게도 생겨 먹었구나! 행여 거절을 했다가는 크게 행패를 부릴지도 모르겠는걸. 적당히 아무런 병장기나 주어서 돌려 보내는 편이 낫겠다.'

이렇듯 용왕이 무엇인가를 고민하는 눈치가 보이자 손오공이 물었다.

"무엇을 그리 고민하고 계시오?"

"아닙니다, 아니예요! 잠시만 기다리십시오. 곧 쓸 만한 무기를 가져오라 하겠습니다."

용왕은 즉시 도차지인 쏘가리에게 큰 칼 한 자루를 가져오도록 명령하였다. 곁에서 이를 듣던 손오공은 들고 왔던 둔중한 칼을 보여 주며 절레절레 고개를 흔들었다.

"보시다시피 내게도 칼은 있습니다. 그런데 칼을 별로 좋아하지 않아요. 미안하지만 다른 것으로 보여 주십시오."

용왕은 다시 태위太尉인 우레기와 근위병 역사力士 두렁허리를 불러 아홉 갈래의 칼날이 달려 있는 구고차九股叉를 가져오게 하였다. 손오공이 받아 들고 좌우로 휙휙 몇 번 휘둘러 보더니 못마땅한 듯 옆으로 툭 던져 놓으며 말하였다.

"틀렸소. 저것은 너무 가벼워서 손에 맞지를 않아요. 다른 것을 보여 주시오."

용왕은 실소失笑를 터뜨리며 말하였다.

"허허, 이건 삼천육백 근이나 되는 것인데요. 그것이 가볍다니 어찌 그런 농담을 하십니까?"

"싫어요, 싫어! 가벼워서 싫다지 않소. 어서 빨리 다른 것을 보여 주시오."

손오공이 인상을 쓰며 성질을 부리자 용왕은 더럭 겁이 나기 시작하였다. 급히 제독提督 인편어와 총병總兵인 잉어를 불러 이번에는 칠천이백 근이나 되는 방천극方天戟을 내오라고 명령하였다.

방천극을 받아 든 손오공이 또다시 공중을 향해 휭휭 휘둘러 보더니 화딱지가 났는지 방천극을 인편어와 잉어를 향해 내던졌다. 화들짝 놀란 두 대신은 비명을 지르며 달아나 버렸고 용왕은 바들바들 떨었다. 손오공은 용왕을 째려보며 말했다.

"저것도 가볍잖소! 장난하지 말고 좀더 무거운 것을 가져와 보세요. 무거운 것을요! 그럼 내가 가져온 이 칼을 드리겠소. 이 칼이 탐나지 않소?"

손오공이 들고 온 칼을 번쩍 치켜들어 보이자 용왕은 거기에 찔릴까봐 덜컥 겁이 나서 마른침을 꿀꺽 삼키며 대답하였다.

"제가 어디라고 감히 신선님의 칼을 탐내겠습니까? 탐나지 않습니다. 탐나지 않아요."

손오공은 의외란 표정을 지어 보였다. 둔중하긴 해도 그런대로 쓸만한 칼인데 이렇게 필요 없다고 하니 혹시 늙은 용왕의 눈이 침침해서 그런 게 아닌가 싶어 목전 가까이 들이대며 다시 물었다.

"이게 탐나지 않는다고? 탐난다고 말하시오. 탐난다고."

기겁한 용왕은 눈을 휘둥그렇게 뜨며 허겁지겁 대답하였다.

"탐납니다. 엄청 탐나요."

"좋소! 그럼 내가 아끼는 이 칼을 드릴 테니 어서 무거운 병기를 가져오시오."

"존귀하신 신선님, 정말 우리 궁궐에 있는 병장기들 중에서는 방금 보여 드렸던 저 방천극이 제일 무거운 병기입니다. 그 이외에는 이렇다 할 만한 병기가 없습니다. 정말 없어요.”

용왕이 울상을 지으며 애원하자 손오공은 이마 가득 주름을 지어 보이며 말하였다.

“옛 조상님들 말씀에 ‘바다 용왕에게 보물이 없을 것을 걱정하리오.’ 하는 이야기가 있소. 그러지 말고 좋은 것을 내어 주시오. 그러면 내 이 칼을 드리겠소.”

돈도 없는 주제에 막무가내로 떼를 쓰며 나오자 용왕은 속이 바싹바싹 타 들어가는 것만 같았다. 손오공의 부탁을 들어주자니 이렇다 할 무기가 없고 들어주지 않자니 흉악한 짓을 저지르지나 않을지 겁이 났기 때문이었다. 이때 용왕의 난처한 입장을 전해 듣고 용왕의 왕비와 공주가 찾아왔다. 왕비는 조용히 용왕과 손오공이 있는 곳으로 다가와선 찬찬히 손오공의 얼굴을 살펴보며 인사를 하고는 다시 용왕에게 다가가 귓속말로 이렇게 말하였다.

“대왕님, 보아하니 이 성인은 절대 만만히 보실 분은 아닌 것 같습니다. 그래서 올리는 말씀인데, 우리 궁궐의 보물창고 속에 있는 것 중 천하天河 밑바닥을 다지던 신진철神珍鐵이 있습니다. 그것이 요 며칠 전부터 눈부신 빛을 발하며 강한 기운이 오르고 있더군요. 어쩌면 저 성인과 만나고자 그러는 것이 아닌가 싶습니다.”

“그것은 그 옛날 우寓임금이 물을 다스릴 때 황하黃河의 강바닥을 다지던 쇠인데 그걸 어디에다 쓸 수가 있다고 그러는 것이오? 괜히 이상한 걸 줬다간 우리를 죽이려 들지 모른다오.”

“그런 걱정 마세요. 쓰고 쓰지 않는 것은 저분이 선택할 일일지니 우리가 상관할 바는 아니지요. 다만 저 손님에게 주어 그가 좋도록 하게 내버려 두시는 것이 어떨까 합니다.”

딱히 방법이 없던 용왕은 즉시 손오공에게 신진철이란 보물에 대해 이야기를 해 주었다. 동해용궁에서 제일가는 귀한 보물이라 설명하자 손오공은 신이 나서 재촉하였다.

“그런 것이 있다면 당장 가져와 보세요, 당장이요!”

용왕이 화들짝 놀라며 대답하였다.

“가져와 보라니 그게 무슨 큰일 날 소립니까? 그 신진철이란 것은 무게가 일만 삼천오백 근이라 들어올리는 것은 고사하고 질질 끌고 올 수도 없는 것이어서 몸소 가 보셔야만 합니다.”

손오공은 두말없이 용왕의 안내를 받아 보물창고로 가 보았다. 과연 옛사람들 말처럼 용궁의 보물창고는 진귀한 보배들로 가득 차 있는데 저마다 진귀함을 뽐내려는 듯 앞 다투어 번쩍번쩍 신비스런 빛을 뿜어대었다. 손오공이 혀를 내두르며 감탄하고 있노라니 용왕이 한쪽 귀퉁이를 가리키며 말하였다.

“보물이라 말씀 드렸던 신진철이 바로 저것입니다.”

손오공은 유난히 금빛 광채가 뚜렷한 기둥 앞으로 다가가더니 여기저기 만져 보며 자세히 살폈다. 색은 잿빛이요, 굵기는 큰 말ㅘ 정도이고 길이는 두 길이 조금 넘어 보였다. 손오공이 무거운 쇠기둥을 아무렇지 않은 듯 번쩍 들어올리자 이를 본 용궁 사람들은 소스라치게 놀라 비명을 지르며 달아나 버렸다. 손오공은 이리저리 쇠기둥을 살피더니 갑자기 긴 한숨을 내쉬며 아쉬움을 토로하였다.

"너무 길고 굵은 걸, 조금만 가늘고 짧았으면 딱 쓰기 좋겠는데……."

그러자 어찌된 조화인지 들고 있던 금빛 쇠기둥은 순식간에 몇 자나 짧아지고 가늘어져 창 크기 정도의 쇠몽둥이가 되어 버렸다. 손오공은 신통하기도 하고 기쁘기도 하여 두 손에 들고 이리저리 흔들어 보다가 다시 한번 중얼거렸다.

"사람 말을 알아듣는 건가? 그렇다면 조금만 더 가늘어져라. 그럼 내가 너무 기쁘겠구나."

말이 떨어지자마자 금빛 몽둥이는 두께만 더욱 가늘어졌다. 손오공이 쇠몽둥이를 천천히 훑어 보니, 상서로운 금빛 광채가 피어오르는 양쪽 끄트머리에는 금테를 둘렀고 잿빛 무쇠 강철봉의 중간에는 귀하디 귀한 이름이 새겨져 있었다. '여의금고봉如意金箍棒'이라는 이름으로 주인의 마음먹은 대로 되어 주는 금빛 테를 두른 무쇠 막대기란 뜻이었다.

"내 마음먹은 대로 되고, 그것으로 때리면 즉사한다는 뜻이렷다!"

이렇게 읊조리며 히죽히죽 여의봉如意棒을 들고 걸어 나오던 손오공은 생각할수록 심장이 두근거리는 흥분을 어쩌지 못해 결국 주문을 외워 버렸다.

"엄청나게 굵고 길어져라!"

말이 떨어지기 무섭게 신이 난 여의봉이 스무 자 이상 늘어나고 굵어져 버리니 덩달아 신난 원숭이도 발군拔群의 신통력을 뽐내며 풍차 돌리듯 쇠기둥을 휘둘렀다.

'빙글빙글.' '덩실덩실.' 춤을 추듯 무쇠 기둥을 돌려대며 수정궁으로 돌아오는 금빛 원숭이를 보자 도망 나왔던 용왕과 왕비는 자지러지고 대신들은 아우성을 지르며 또다시 달아나니, 이는 사해를 다지던 금 기둥 때문이라. 빙빙 도는 금빛 기둥이 수정궁 어느 한 귀퉁이라도 건드는 날이면 그대로 가루가 될 판이요, 자칫 손에서 떨어뜨리는 날엔 용궁 식구 모조리 염라대왕 구경 가야 되는 판이라 사지가 뻣뻣해짐은 물론이고 몸에 붙은 모든 털오라기가 곤두서서 도무지 정신을 차릴 수가 없을 지경이었다. 싱글벙글 위태로운 짓거리를 보여 주며 신나게 달려온 손오공은 용왕에게 크게 감사하였다.

"이웃의 두터운 정에 감사를 드리오. 그런데 오늘 병장기를 얻고 보니 이에 어울릴 만한 옷차림이 없어 거북스럽소. 이왕 선심을 쓰신 김에 이 몸에 걸칠 만한 투구와 갑옷도 한 벌 내어 주시오."

용왕은 헐떡헐떡 숨을 몰아쉬며 대답하였다.

“성인님, 미안합니다만 그런 것은 없습니다.”

손오공은 짐짓 무섭게 인상을 쓰며 용왕의 자리에 냉큼 올라앉더니 협박조로 말하였다.

“그런 건 없으시다? 옛 조상님들 말씀에 ‘한 손님이 두 주인을 찾지 않는다.’는 말이 있지를 않소? 그렇게 없다고 잡아떼면 난 이 자리를 떠나지 않을 것이오.”

그렇게 말하고는 여의봉을 수정궁 문밖으로 겨누더니 “길어져라. 짧아져라.” “길어져라. 짧아져라.”를 반복하는 것이었다. 기겁한 용왕 가족들이 털썩 주저앉아 눈물을 펑펑 흘리며 애원하였다.

“성인님, 그런 건 없어요. 정말로 없어요.”

“한사코 없다고 잡아떼신다면 나는 하는 수 없이 당신들을 상대로 이 여의봉을 시험해 볼 테요. 죽나, 안 죽나.”

놀란 용왕과 왕비는 황급히 손을 휘저으며 소리쳤다.

“안 돼요, 안 돼! 그걸 휘두르는 날이면 용궁 사람들은 고사하고 용궁 자체가 다 날아가게 됩니다. 혹시 아우 집에나 있겠는지 물어봐서 있다면 한 벌 마련해 드릴 테니 제발 손대지 마십시오.”

용왕은 즉시 손오공을 남겨 두고 신하들에게 일러 종과 북을 치도록 분부하였다. 얼마 지나지 않아 북과 종소리를 들은 남해용왕 오흠敖欽과 북해용왕 오순敖順, 그리고 서해용왕 오윤敖閏이 일제히 찾아와 인사를 올렸다.

남해용왕 오흠이 공손히 물었다.

"무슨 급한 일이 있으셔서 북과 종을 치셨습니까?"

동해용왕은 긴 한숨을 내쉬며 대답하였다.

"동생, 말하기가 참으로 민망한 일일세. 화과산에서 성인 손오공이란 자가 이웃사촌이라는 명분을 붙여 나를 찾아오더니 무턱대고 고기 써는 칼을 줄 테니 좋은 보물을 달라더군. 그래서 구고차를 내주니 작다며 싫다 하고, 화극을 내어주니 가볍다 싫다 하더니 결국에는 그 칼을 내 목에 들이대지 않겠나. 하는 수 없이 천하의 밑바닥을 다지던 신진철을 내 주고 말았다네. 그랬더니 이번에는 궁중에 버티고 앉아 그에 어울리는 갑주를 내놓으라고 야단일세. 하지만 내게 갑주가 어디 있겠나? 그래서 할 수 없이 북과 종을 쳐서 동생들을 불렀네. 혹시 자네들한테 갑주 비슷한 물건이라도 있으면 빨리 주어서 쫓아 버렸으면 좋겠네."

이 소리를 들은 세 용왕들이 크게 놀라 반문하였다.

"세상에 성인이란 사람이 칼을 들이대며 보물을 요구했단 말입니까? 아니, 그 사람 정말 성인이 맞기는 맞습니까?"

동해용왕은 한숨을 푹푹 쉬며 고개를 끄덕였고 세 용왕들은 얼굴 가득 노기를 띠며 흥분하였다. 남해용왕 오흠이 이를 갈고 나서며 말하였다.

"형님, 그 따위 방약무도한 놈은 성인이 아닙니다! 우리 형제들이 당장에 군사를 일으켜서 그 요괴 놈을 잡아 죽이도록 하겠습니다.”

세 용왕이 즉시 행동에 옮기려 하자 소스라치게 놀란 오광이 다급히 만류하였다.

“안 돼. 안 돼! 큰일 나! 그자가 들고 있는 쇠몽둥이가 어떤 것인데 무턱대고 싸우려 들어.”

서해용왕 오윤이 비웃으며 말하였다.

“천하 밑바닥 다지던 쇠봉이라면서요? 그럼, 기껏해야 절구방망이 아닙니까?”

“웃기는 소리하고 있네! 그건 일만 근이 넘는 쇠몽둥이라고. 조금만 스쳐도 우리 모두 다져 놓은 고기 신세가 되고 만단 말이야.”

그 소리에 크게 놀란 세 용왕이 원망하듯 말하였다.

“아니! 형님은 생각도 없으시지. 어쩌자고 그 딴 놈에게 그런 무서운 병기를 내 주셨습니까?”

오광이 조용히 반박하였다.

“그럼 나 보고 어쩌라는 말이냐? 흉악한 얼굴로 내 면전에 칼을 들고 설쳐대는데 나더러 어쩌란 말이냐. 괜히 안 주고 버티다가 찔리기라도 하면 나만 죽지, 너희들이 죽냐?”

“아니. 그래도 그렇지 어쩌자고 그런 무기를 그렇게도 쉽게 내 주셨습니까? 꾀라도 내서서 어떡하든 버티셨어야지요.”

오광은 답답한 듯 한숨을 쉬며 대답했다.

"백문이 불여일견이니, 가서 그자의 얼굴이나 직접 보고 그런 얘길 해라."

"알겠습니다. 그러지요. 형님이 이토록 겁을 내시니 저희들 셋이 가 보겠습니다. 가 봐서 별 거 아니면 단번에 잡아 꿇리고 쇠몽둥이도 되찾아 드리겠습니다."

세 형제가 검 하나씩 챙겨 들고 즉시 수정궁으로 기세등등하게 달려갔다. 사납게 거친 숨을 몰아쉬며 수정궁 문을 들어선 세 용왕들은 두 눈을 부릅뜨고 신선이란 흉맹한 작자를 찾아보았다. 그랬더니 건방지게도 저만치 용왕의 옥좌에 벌렁 드러누워 흥얼흥얼 노래하는 금빛 머리털을 가진 사람의 정수리가 보이는 것이었다. 오흠은 눈이 뒤집힐 듯 화가 치밀어 버럭 소리치려 하는데 오윤이 급히 만류하며 나지막하게 속삭였다.

"조용! 소리치지 말게. 지금 저 놈은 우리가 저를 죽이러 온 것도 모르고 저렇게 두 눈 감고 노래하니 절호의 기회가 아닐 수 없네. 그러니 힘들이지 말고 조용히 다가가서 단번에 요절을 내 버리세!"

나머지 두 용왕들도 옳다고 판단하여 시퍼런 칼을 머리 위로 치켜든 채 살금살금 다가갔다. 그렇게도 조심스레 손오공의 머리맡으로 모여 든 세 용왕은 그만 소스라치게 놀라고 말았으니 그의 면상이 가관이 아니었기 때문이었다. 얼굴 가득 북슬북슬한 금빛 털에 야무지게 삐죽한 주둥이하며 노래할 때 슬쩍 보이는 창 날 같은 송곳니!

정말 딱 봐도 엄청 흉맹한 성품을 그대로 대변하고 있는 것만 같았다. 이에 불쑥 마음속으로부터 치솟는 공포감을 억누를 길 없었던 세 용왕들은 서로의 얼굴을 마주보며 낯빛이 하얗게 질리더니 뒤도 돌아보지 않고 쏜살같이 오광에게로 도망 와 이렇게 소리쳤다.

"생각해 보니 큰 형님은 항상 옳으셨습니다! 형님의 말씀에 따르겠습니다. 그런 무뢰배와 다툴 필요 없이 큰형님 말씀대로 갑주 한 벌을 내어 주어 쫓아 보낸 다음 하늘에 계신 옥황상제님께 상소하여 그놈을 없애 버리는 게 좋겠습니다."

이에 동해용왕 오광이 크게 반색하자 북해용왕 오순이 말하였다.

"저한테 마침 우사藕絲로 짠 보운리步雲履가 한 켤레 있습니다. 그걸 내놓겠습니다."

서해용왕 오윤도 고개를 끄덕이며 말했다.

"저는 황금으로 짠 갑옷을 가지고 있으니 그걸 내놓겠습니다."

마지막으로 남해용왕도 거들며 말했다.

"저에게도 봉황 깃으로 장식한 자금관紫金冠이 하나 있습니다. 그걸 내놓지요!"

오광이 크게 기뻐하며 말하였다.

"잘들 생각했다. 그럼 어서들 돌아가 보물들을 가져오너라."

세 용왕들이 각자 물건을 가지고 돌아와선 오광에게 바치자 오광은 세 아우들을 수정궁으로 데려가 손오공에게 인사를 시킨 다음

동생들이 가져온 물건을 손오공에게 선사하였다. 손오공은 그것들을 받아 입고, 쓰고, 신더니 만족스러운 얼굴로 여러 용왕들에게 인사하였다.

"구름을 밟고 다닐 수 있는 보운리와 황금 갑옷, 그리고 보배로운 자금관까지 선물 받을 줄은 생각지도 못했소. 폐를 끼쳤습니다. 폐를 끼쳤어요."

이렇게 인사를 마친 손오공은 수렴동에서 가져온 쓸모없는 칼 한 자루 던져주며 인사를 하였다.

"물건 값이오. 굉장히 귀한 거니까. 싸우지 말고 비싸게 팔아서 나눠 쓰시오. 그럼 이 몸은 바빠서 이만!"

손오공이 휑하니 용궁 밖으로 뛰쳐 나가자 살살거리며 웃던 네 용왕들은 너무 괘씸하고 분하여 안색이 삽시간에 변하여 서로 머리를 맞대고 하느님께 올릴 상주문을 논의하기 시작하였다.

한편, 화과산의 원숭이들은 용궁으로 내려간 손오공이 돌아오기만을 기다리며 철교 주변에 모여 놀고 있었다. 그때였다. 갑자기 다리 밑 물속이 눈부시게 빛나는가 싶더니 순식간에 좌우로 물살이 갈라지면서 번쩍이는 사람 하나가 쑥 솟구쳐 올라오는 것이었다. 놀란 원숭이들은 난리법석을 피우며 사방으로 흩어져 숨은 다음 고개만 빼꼼이 내밀고 바라보았다. 그곳에 눈부시게 빛나는 사람이 하나 서 있는 것이 다름 아닌 원숭이 임금 손오공이었다. 머리엔 봉황 깃털 달린 자금관을 쓰고, 몸에는 황금 갑옷을 두른 채 보운리를 신은 그가 어깨를 으쓱으쓱 거드름을 피워대고 있었다. 수렴동 원숭이들은 금빛 찬란한 모습으로 나타난 대왕을 보자 일제히 환호성을 울리며 쏟아져 나와 소리쳤다.

"와! 우리 대왕님은 참으로 위풍당당하십니다! 정말 멋지십니다. 멋져요!"

여기저기서 칭찬이 끊이질 않자 얼굴 가득 희색이 만면해진 손오공은 여의봉을 한가운데 푹 꽂아 세워 놓더니 거드름을 떨며 높은 자리로 걸어 올라가 앉았다. 여러 원숭이들은 상서로운 빛을 쉴 새 없이 내뿜는 여의봉에 호기심을 느낀 나머지 위험한 물건인 줄도 모르고 모여 들어선 붙들고 매달리며 이리저리 흔들어 보았다. 그러나 일만 근이 넘는 보배를 수백 마리의 원숭이가 흔든다 한들 잠자리가 소나무를 흔드는 격인지라 여의봉은 작은 미동도 없었다. 그러자 이번에는 수렴동 원숭이들 중 가장 힘이 센 원숭이들이 모여들어 여의봉을 붙들고 온갖 힘을 써 보았으나 역시 꿈쩍도 하지 않았다. 그제야 원숭이들은 혀를 내두르며 시끌벅적 떠들어대기 시작하였다.

"맙소사, 맙소사. 하느님 맙소사! 대왕님께서는 이렇게 무거운 것을 용케도 가져오셨군."

이 소리를 들자 손오공은 잘난 척하고 싶은 마음에 여의봉 앞으로 다가오더니 한손에 쑥 뽑아 들고는 보물을 얻은 과정에 대해 쭉 들려 주었다. 그리고는 이렇게 덧붙였다.

"너희들은 좀 물러서라. 내 한번 이것을 변하게 해서 너희들한테 보여 주마."

손오공은 여의봉을 쥐더니 소리쳤다.

"작아져라, 작아져!"

그러자 여의봉은 눈 깜짝할 사이에 귀 안에 넣을 수 있을만한 바늘 크기로 작아졌다. 기이한 광경에 신이 난 원숭이들은 시끄럽게 졸라대기 시작하였다.

"대왕님, 대왕님. 다시 해 봐요. 한 번만 더해 보세요."

"커져라, 커져!"

여의봉은 삽시간에 큰 나무 기둥만큼 굵어지고 길이가 두 길 남짓하게 늘어나 버렸다. 원숭이들은 박수를 치고 껑충껑충 재주를 넘으며 즐거워하였다. 잔뜩 신이 난 손오공은 무리를 이끌고 굴 밖으로 나가더니 그 보배를 거머쥔 채 하늘 위와 땅속에 닿는 신통력을 부리고자 허리를 굽혔다 펴며 외쳤다.

"늘어나라!"

순간, 손오공의 키가 십만 척으로 쭉 늘어나 머리는 태산만하게 커졌고 눈은 번갯불마냥 번쩍였으며 입은 피를 담은 큰 항아리만해

져서 그 사이로 보이는 이빨은 마치 창검을 걸어 놓은 것만 같았다. 거기에다 손에 들고 있는 여의봉도 위로는 서른세 번째 하늘에까지 닿았고 아래로는 십팔 층 지옥에까지 닿았다. 주변 일대에서 이 광경을 목격한 범과 승냥이, 그리고 일흔두 곳 동굴 속에 숨어 있던 요괴 왕들은 모두 무서운 나머지 부들부들 몸을 떨며 머리를 조아리지 않는 이가 없었다.

손오공은 곧 법술을 거두고 여의봉을 바늘만큼 작게 만들어 귀 안에 쏙 집어넣은 다음 부하 원숭이들을 이끌고 동굴로 돌아왔다. 동굴로 들어온 손오공은 네 마리의 늙은 원숭이들을 건장健將으로 봉하였는데, 그 중 둘에게는 마馬원수와 류流원수란 이름을 달게 하고 다른 둘에게는 붕崩장군과 파때장군이란 이름을 달게 하였다. 그런 다음 영채를 정하고 상벌제도를 정하는 것과 같이 중요한 모든 일들을 네 명의 건장에게 맡긴 손오공은 그날부터 마음 놓고 날마다 천하를 돌아다니며 세상 구경을 하는 한편 많은 벗들을 사귀었는데 그 중에서도 우마왕牛魔王, 교마왕蛟魔王, 붕마왕鵬魔王, 사타왕獅魔王, 미후왕獼猴王, 우융왕遇狨王들과는 칠형제까지 맺게 되었다.

그렇게 제 멋대로 태평한 세월을 보내던 어느날, 손오공은 온갖 산해진미와 귀한 술들을 차려 놓고 칠형제들을 불러 대취하도록 연회를 벌였다. 며칠이 지나서야 연회가 끝났고 칠형제들을 바래다주고 돌아오던 손오공은 너무 취한 나머지 그만 철교에 있는 소나무 아래에 고꾸라져서 저도 모르게 잠이 들고 말았다. 네 건장들은 졸개들을 창검으로 무장시켜 손오공의 주위에 호위를 하게 하는 한편, 주변에서 놀고 있는 다른 원숭이들에겐 찍 소리도 내지 못하게 하였다.

그런 부하들의 삼엄한 호위 속에서 편안한 잠을 자던 손오공은 이상한 꿈을 꾸게 되었다. 꿈속에서 '손오공'이라고 쓴 영장 한 통을 들고 다가오는 두 사람이 보였는데 다가온 두 사람은 불문곡직하고 손오공의 영혼을 오랏줄로 꽁꽁 묶더니 단번에 어떤 성곽아래까지 끌어가는 것이었다. 만취 상태에서 저항 한번 못해 본 채 끌려온 손오공이 비몽사몽 흐릿한 시선을 들어 주변을 살펴보았더니 성문이 하나 보였다. 그 성문 위에는 현판이 하나 걸려 있었고 큼지막한 굵은 글씨로 '유명계幽冥界'라 적혀 있었다. 순간 정신이 번쩍 든 손오공은 버럭 소리쳤다.

"이런! 유명계라면 죽은 자들이나 오는 곳이잖아! 내가 어쩌다 이런 곳에 끌려왔지?"

"뭐가 '어쩌다 끌려왔지?' 야? 이승에서 네놈의 수명이 끝났으니까 끌려온 것이지."

"이놈들아! 이 손 어르신께서는 오래 살고 싶은 일념에 과거, 현재, 미래의 삼계를 초월하여 염라대왕 따위의 관할을 받지 않은지 이미 오래이거늘. 어디라고 언감생심 이 어르신을 여기까지 데려온 단 말이냐? 매를 맞기 전에 당장 줄을 풀지 못할까!"

두 저승사자가 낄낄대며 손오공의 뒤통수를 한 대 때린 다음 말 하였다.

"미친놈일세!"

그리곤 머리털을 잡아 강제로 끌고 가려는 저승사자에게 순순히 잡혀 갈 위인이 아니었던 손오공은 울컥 성질이 치밀어 오르자 후 딱 몸을 흔들어 묶여 있던 오랏줄을 풀고 잽싸게 귀 안에서 여의봉 을 꺼내 하늘을 향해 횡횡 휘저으며 외쳤다.

"엄청나게 커져라!"

신이 난 여의봉은 금세 사발 아가리만큼 커졌고 손오공이 다짜고 짜 두 저승사자를 때려대기 시작하니 애당초 상대가 못 되었던 저 승사자들은 맥 없이 두들겨 맞으며 땅바닥을 이리저리 뒹굴기 시작 하였다.

얼마를 맞았던가! 마치 시장 바닥에 버려져 비에 젖은 풀빵처럼 팅팅 부어 오른 몰골로 잠자듯 행복한 미소를 머금고 널브러져 있 는 두 저승사자와 이를 보며 씩씩거리는 금빛 원숭이! 손오공은 그 래도 분이 풀리지 않자 곧장 유명계로 뛰어 들어갔다. 무시무시한 여의봉을 휘두르며 미친듯이 달려 들어오는 원숭이를 보자 귀신 병 사들은 기겁을 하여 염라대왕이 있는 삼라전森罗殿으로 달려가 소리

소리 질렀다.

"대왕님, 난리가 났습니다! 밖에 웬 털북숭이 벼락신 하나가 튀어 나와선 닥치는 대로 때려 부수며 행패를 부리고 있습니다! 빨리 피난 가게 짐 꾸리세요!"

화들짝 놀란 십대명왕十代冥王이 헐레벌떡 옷을 주워 입고는 부리나케 뛰어 나와 살펴보자 과연 얼굴이 흉악하게 생긴 원숭이 하나가 삼라전 지붕을 떠받든 기둥만한 쇠몽둥이를 휘둘러대며 난리법석을 떨고 있는 것이었다. 명왕들은 공포감에 떨려 오는 몸을 억지로 추스르며 차례로 서서 큰소리로 물었다.

"어디서 오신 신선님이신지요?"

행패를 떨던 손오공이 멈추며 소리쳤다.

"난 화과산 수렴동의 손오공! 하늘이 내신 성인이지! 그런데 너희들은 어떤 관직에 있는 놈들이냐?"

손오공이 노여운 시선으로 명왕들에게 소리치자 명왕들은 일제히 허리를 굽히며 대답하였다.

"저희들은 음간의 천자로 있는 진광왕秦廣王, 초강왕楚江王, 송제왕宋帝王, 오관왕忤官王, 염라왕閻羅王, 평등왕平等王, 태산왕泰山王, 도시왕都市王, 변성왕卞城王, 전륜왕轉輪王인 십대명왕들입니다."

"왕으로 있다는 놈들이 어찌 이만한 사리분별도 못한단 말이냐? 도를 깨쳐 신선이 된 이 어른의 수명은 하늘의 수명과 같다는 것을 몰라서 저승사자들로 하여금 나를 끌고 오게 했단 말이더냐?"

자신을 몰라본 사실에 악이 받친 손오공이 커다란 여의봉을 치켜 들어 연신 "쿵쾅! 쿵쾅!" 땅바닥을 내리치니 유명계 전체가 흔들거 리며 무너질 것만 같았다. 아연실색한 명왕들은 땅바닥에 넙죽 엎 드려 사정하였다.

"신선님, 신선님께서는 제발 노여워하지 마십시오. 넓고 넓은 천 하에 동성동명을 가진 자가 어디 한둘이겠습니까? 필시 사자들이 사람을 잘못 알았던 모양입니다."

그러나 이미 심사가 뒤틀려 뿔딱지가 나버린 손오공은 명왕들의 사죄를 받으려 들지 않았다.

"허튼수작하지 말아라! 옛 조상들 말씀에 '틀려 먹은 상관은 있 어도 틀리게 처사하는 하인은 없다.'라고 했다. 냉큼 가서 생사부生 死簿를 가져오지 못할까!"

명왕들은 손오공의 하는 짓이 너무 무서워서 부랴부랴 그를 어전 으로 데려가 생사부를 내다 주니 손오공이 제 손으로 여러 장의 문 서와 여러 권의 생사부를 뒤적거렸다. 인류를 관리하는 나충蠃蟲, 들짐승을 관리하는 모충毛蟲, 날짐승을 관리하는 우충羽蟲, 곤충과 물고기를 관리하는 인개鱗介 따위에는 자신의 이름이 들어 있지 않 음을 확인한 다음 손오공은 다른 장부를 꺼내어 원숭이 종류의 이 름을 살피기 시작하였다. 바로, 그 명부의 일천삼백오십 번째 자리

에 가서 손오공의 이름 석 자가 적혀 있고 '삼백마흔두 해를 그렇게 살다가 그렇게 죽는다.'라고 쓰여 있는 것이었다. 예로부터 원숭이란 모습은 사람과 비슷하지만 사람들의 이름에는 끼지 못하고, 인간과 비슷하지만 인간 사회에서는 살지 못하며, 들짐승 무리와도 비슷하지만 기린의 관할에 들지 않고, 날짐승 무리와도 비슷하지만 봉황의 통제를 받지 아니하기 때문에 따로 장부를 만들어 두고 관리를 하였었다. 손오공은 자신의 이름은 물론 자신의 부하들 이름까지 죄다 찾아서 지워 버리고는 생사부를 던져 주며 이렇게 말했다.

"됐다! 오늘부터 이 어르신은 네놈들의 성화에서 벗어난 셈이 되었다."

이렇게 말한 다음 신나게 여의봉을 휘두르며 유명계를 빠져 나가니 십대명왕들은 다급히 취운궁翠雲宮으로 찾아가 그곳의 지장왕보살地藏王菩薩을 만나 손오공의 행패에 대해 죄다 고해 바쳤다. 크게 노한 지장왕보살은 십대명왕들과 함께 옥황상제께 올리는 고소장을 작성하였다. 유명계의 성에서 빠져 나오던 손오공은 화과산으로 돌아가다가 그만 풀 더미에 발목이 걸려 까딱하면 땅바닥에 얼굴을 곤두박질할 뻔하였다. 그 바람에 화들짝 놀라 정신을 차리고 보니 지금까지의 모든 것이 한낱 꿈이었다는 것을 알게 되었다.

손오공이 잠에서 깬 것을 본 네 건장들이 무슨 일이 있었는지 걱정스레 묻자 손오공은 저승의 생사부에서 원숭이 이름들을 찾아 모두 지운 일을 자세히 들려주었다. 이에 네 건장을 비롯한 모든 원숭이들이 크게 감사하였음은 두 말할 필요가 없겠다.

용왕들을 겁박하여 보배를 얻고 저승을 찾아가 명부를 지운 손오공. 그가 앞으로 어떤 짓을 또 저지를지는 아직 알 수 없으니 이에 대해서는 하회를 보라.

제4화

못마땅한 등용문

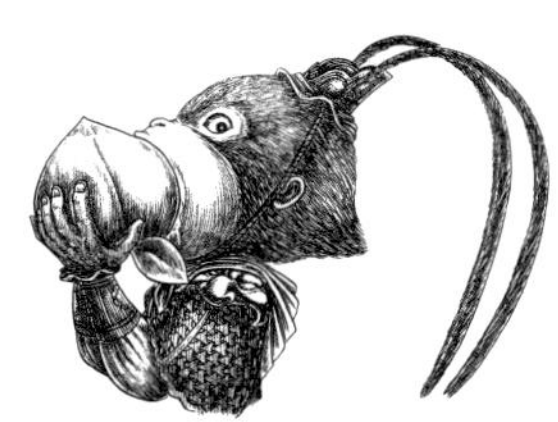

　세상 만물을 관장하는 하늘세계. 그곳에서는 이런 손오공의 말썽에 대해 전혀 알지 못하였으니 평안한 날을 맞이하고 있었다. 옥황상제께서는 기분 좋게 금월운궁의 영소보전에 나와 문무신선 재상들을 모아 놓고 아침조회를 시작하려 하였다. 그러던 차에 구홍제丘弘濟 진인眞人이 앞으로 나서며 아뢰었다.

　"폐하, 통명전通明殿 밖에 동해용왕 오광이 상주문을 올리러 왔다는 전갈이 들어왔습니다."

　옥황상제는 영소보전의 계하까지 오광을 불러들여 그의 상주문을 쭉 훑어 보았다. 요망한 신선 손오공이 아래 세상의 물 세계를 들쑤셔 놓았음은 물론 용왕들을 겁박하였다는 사실을 알고 크게 노한 옥황상제는 즉시 오광에게 칙지를 내렸다.

"짐이 곧 장수를 보내어 그놈을 잡아들이도록 할 것이니 그대는 바다로 돌아가 있거라."

오광이 분부를 받들고 물러난 다음 명부의 진광왕이 지장왕보살의 상주문을 가지고 왔다는 전갈이 들어왔다. 옥황상제가 상주문을 살펴보니 역시 망령 난 신선 손오공에 대한 고소장이었다. 이번에는 유명계를 찾아가 염라대왕들을 겁주고 명부를 죄다 지워 놓은 일들이 낱낱이 적혀 있었다. 옥황상제는 노한 데다가 괘씸한 생각마저 들어 또다시 칙지를 내렸다.

"도저히 용서할 수 없는 놈이로다. 그대 역시 지부地府로 돌아가 기다리고 있으라."

그리고는 즉시 문무 대신들에게 물었다.

"그놈은 도대체 언제 생겨났고 어디서 그런 신통력을 배웠는고?"

일전에 옥황상제의 명을 받아 손오공을 보았던 천리안과 순풍이가 나서며 대답하였다.

"그 손오공이란 놈이 삼백 년 전에 하늘이 내었다고 말씀 드렸던 화과산의 그 돌원숭이옵니다."

"아! 그놈이구나!"

"그러하옵니다. 처음에는 별로 대단하지 않은 원숭이였는데 요 몇 년 사이 어디를 쏘다니다가 득도를 하였는지 범을 때리고 용을 굴복시키는 힘을 지니게 되었습니다."

옥황상제는 좌우를 둘러보며 물었다.

"그 못된 놈을 그냥 두어서는 아니 되겠는데 어느 신장이 하계로 내려가 그놈을 징벌하겠는고?"

그러자 많은 신하들 중 태백금성太白金星이 앞으로 나서며 아뢰었다.

"그 돌원숭이놈은 본래 천지가 낳아 길렀을 뿐만 아니라 도를 닦고 신선까지 되어서 용과 범을 항복시킬 힘을 가졌으니 이제는 인간을 넘어서 신들과 조금도 다를 바가 없게 되었습니다. 그러니 그 능력에 맞는 적당한 벼슬길을 열어 주시어 능력을 펼치게 하는 것이 좋을 듯싶습니다."

"그를 하늘로 불러들여 합당한 자리를 내어 주란 말이구려. 허나 그러기 이전에 그놈은 하늘의 질서를 어지럽힌 죄가 먼저이니 그 죄를 물음이 우선이 아니겠는가? 또한 도를 깨우친다는 것은 선함을 가까이하고 악함을 멀리 해야 얻을 수 있는 것임에도 불구하고 그놈은 악한 성품이 보이니 진정한 도를 깨달은 것인지 의심하지 않을 수 없고, 또한 그런 놈으로 하여금 벼슬을 내어 준다면 인간세상의 모든 생명들이 괴롭게 되지 않겠는가?"

"그렇게만 살피실 일도 아니옵니다. 그가 신선이 되었을 때 방치하지 않고 즉시 불러들여 적합한 벼슬을 내어 주었다면 자신의 자릴 몰라 저렇게 겉도는 일은 없었을 것입니다. 또한 그자의 성품에 모짐이 보이는 것에 대해 말씀드리자면, 본디 하늘에서 생명을 낼 때 근본이 물렁하고 여리게 태어나도록 만들고 점차 성장하면서 좋거나 나쁜 것을 배워 차츰 단단하게 굳어져 곧 결정체를 이루게 됩니다. 그런데 그렇게 결정체를 이루어 가는 과정 중 억눌러 없애야 할 것과 일으켜 세워야 할 것을 가려야 함에 있어서 선善함을 일으키면 진각眞覺을 이루게 되고, 악惡함을 일으키면 망각妄覺을 이루게 됩니다. 그 결정체가 밝고 깨끗하다면 그는 하늘로부터 신선의 입적을 허락받아 인간들에게 사랑을 받을 것이요, 그 결정체가 어둡고 탁하다면 하늘로부터 버림받은 마귀가 되는 것입니다. 지금 그 돌원숭이를 말씀드리자면 천지가 그를 세상에 내보내며 그 심성의 근원을 돌로서 만들었던 탓인지 순리의 과정이 뒤바뀌어 연한 성품은 배제된 채 단단한 결정체를 먼저 이루고 나온 것 같사옵니다."

"그렇다면 하늘은 그 원숭이를 낼 때부터 악한 심성으로 결정체를 삼았단 말인가?"

"그렇게 보기도 어려운 것이 그런 심성은 하늘에서 내실 일도 없거니와, 신선의 도술과도 인연을 맺게 하고 그 비법을 터득하여 신선이 되도록 내버려 두지는 않을 것입니다."

"그럼, 그 원숭이는 어찌된 것인고?"

"그 원숭이가 비록 단단한 결정체를 가지고는 있으나 그 속은 백지처럼 비어 있어서 아직 선악을 구분 짓지 못해 요망한 짓을 일삼고 다니는 것으로 판단되옵니다. 그러하오니 폐하께옵서는 화생化生의 자비로움으로 성지聖旨를 내리시어 그 돌원숭이를 하늘 위로 불러 적당한 관직을 하사하셔서 그 관직에 얽매어 두신 다음 선을 기르도록 가르치시되, 폐하의 분부를 따르면 상을 내리시고 그렇지 않고 거역하면 즉시 잡아 가두는 것이 맞으리라 아뢰옵니다."

손오공을 원숭이 길들이듯 길들이자는 태백금성의 간언에 옥황상제는 그만 너털웃음을 터트리며 말하였다.

"옳은 말이로다. 이 모든 것이 하늘의 뜻이니 그에 순응하는 것이 옳을지어다."

옥황상제는 문곡성관文曲星官에게 조서를 꾸미도록 하는 한편, 그것을 태백금성에게 주어 손오공을 찾아가 불러들이게 하였다. 성지를 받든 태백금성은 즉시 남천문을 나와 구름에 올라타고서 곧바로 화과산 수렴동으로 내려왔다. 어깨에 창을 둘러메고 동굴 문을 지키던 문지기 원숭이 다섯 마리가 태백금성을 보자 쏜살같이 달려오더니 창을 겨누며 물었다.

"영감은 뭐지?"

"난 하늘에서 내려온 사신이다. 너희들의 대왕님을 하늘로 모셔 오라는 성지를 받들고 왔으니 어서 가서 너희들의 대왕께 전하라."

그 중 한 마리가 득달같이 달려 들어가 이 기쁜 소식을 알리니 손오공은 깔깔대며 소리쳤다.

"봤느냐? 애들아! 드디어 내가 그간 갈고 닦은 개세지재蓋世之才를 떨칠 때가 되었구나!"

네 건장들도 크게 기뻐하며 소리쳤다.

"대왕님께서 드디어 하늘 벼슬을 하시니 우리 손씨 가문은 이제 대단한 가문이 되는군요! 훌륭하세요! 훌륭해!"

원숭이들도 모두 만세를 부르며 환호성을 외쳤다. 손오공은 급히 의관을 정제하고 태백금성을 맞아들였다. 태백금성은 손오공과 인사를 끝내자 말하였다.

"나는 하늘나라의 태백금성이오. 옥황상제님께서 그대를 초무招撫하시겠다는 명을 받들어 여기로 내려왔으니 그대는 얼른 하늘로 올라가 옥황상제의 은덕에 감사를 드리고 신선의 부적에 가입하도록 하시오."

"먼 길을 오시느라 수고하셨습니다. 그런 뜻에서 주연이라도 베풀 테니 코가 삐뚤어지게 드십시다. 절세미인도 있어요. 애들아 이리와 보렴."

손오공의 부름에 온몸 가득 시커먼 털이 북실 거리는 암컷 원숭이들이 긴 속눈썹을 깜박거리며 몰려드니 놀란 태백금성은 급히 사절하며 말하였다.

"그만두시오. 성지를 받들고 온 몸이라 오래 지체할 수 없으니 어서 나와 함께 떠납시다."

"내가 먼저 하늘로 올라가서 높은 벼슬에 오른 뒤 살 만하면 너희들도 전부 불러갈 것이니 그동안 부하들을 잘 다스리거라."

그가 서두르자 손오공은 네 건장들을 불러서 명령을 내린 다음 신선 부적에 그 이름을 걸고자 태백금성을 따라 하늘나라로 올라갔다.

태백금성과 함께 하늘로 향하던 손오공은 신선이 된다는 커다란 기쁨에 젖어 사신으로 온 태백금성을 내팽개쳐 버리고 저 혼자 하늘궁전이 보이는 남천문 밖에 도착하였다. 남천문에 이르러 바라본 하늘궁전은 오색빛깔 만 갈래의 상서로운 금빛들과 붉디 붉은 무지개가 감싸안고 있었는데, 그 붉은 무지개는 한 가닥 영험한 보랏빛 안개마저 내뿜으니 그 존귀함과 성스러움이야말로 대단한 것이었다. 손오공은 이런 곳에서 살게 되었다는 생각에 크게 기뻐서 즉시 구름을 거두고 남천문 안으로 달려 들어가려 하였다. 그때! 어디서 고막이 터질 듯 난데없는 호통소리가 들려왔다.

"멈춰라!"

손오공이 화들짝 놀라 쏜살같이 뒤로 물러서선 소리 나는 곳을 바라보니 희뿌연 구름을 헤치며 커다란 사람들이 모습을 드러내는 것이었다. 그들은 그날 남천문의 당직을 맡고 있던 신장들로 증장천왕增長天王이 날이 시퍼런 창과 검, 채찍 등의 무장을 갖춘 방龐,

유劉, 구苟, 필畢, 등鄧, 신辛, 장張, 도陶의 무서운 대력천정大力天丁들을 거느리고 나타나 대단한 위풍을 드러내며 손오공을 저지하고 나선 것이었다. 손오공이 놀란 눈을 떼굴떼굴 굴려대며 그들의 모습을 살피자 증장천왕도 커다란 눈을 부라리며 소리쳤다.

"어서 굴러먹던 원숭이냐? 감히 예가 어딘 줄 알고 함부로 들어서려는 게냐! 썩 물러가지 못할까!"

손오공은 발끈하며 마주 소리쳤다.

"버르장머리 없는 원숭이는 너희들이지! 너희들이 원숭이야!"

도를 얻어 신선이 된 손오공이 원숭이란 모욕적인 말을 듣자 순간 심사가 뒤틀려 버렸다. 그는 신장들을 째려보며 슬금슬금 귓속에서 여의봉을 꺼내더니 중얼거렸다.

"이놈의 태백금성이란 영감탱이! 간사하기가 짝이 없군. 이 어르신을 청해 놓고는 이따위 나부랭이들에게 나를 막아서게 하다니."

"뭘 꿍얼거리느냐? 요절을 내기 전에 썩 물러가지 못할까!"

손오공은 대답대신 허연 송곳니를 드러내며 바늘만하던 여의봉을 커다랗게 만들어 그들의 코앞에 들이댄 다음 살랑살랑 흔들었고 기겁한 신장들은 뒤로 물러나 들고 있던 병장기를 휘두르며 손오공을 에워쌌다.

"이놈의 원숭이가 여기가 어디라고 감히 바늘을 가지고 술법을 부려대느냐?"

"멍청이들아! 내가 침소봉대針小棒大나 떠들어대는 인물로 보이느냐? 그렇게 궁금하거든 어디 한번 맛 좀 봐라!"

손오공이 빙글빙글 여의봉을 돌리며 싸움을 걸기 시작하자 신장들도 질세라 상서로운 병장기를 휘두르며 살기등등한 기운을 뿜어 대니 금세 한바탕 어우러져 큰 싸움을 벌일 판이었다. 서로를 노려 보며 기 싸움을 펼치던 원숭이 임금과 하늘 신장들이 대갈일성 몸을 날리는 순간! 뒤늦게 도착한 태백금성이 살벌한 광경에 놀라 황급히 만류하고 나섰다.

"천왕은 싸움을 멈추시오! 그 사람은 폐하의 칙지를 받고 내가 모셔온 분이라오!"

이에 신장들이 급히 칼을 거두어 물러서니 다가온 태백금성이 손오공에게 자초지종을 설명하며 씩씩대는 손오공을 달랬다.

"대왕은 너무 화내지 마시오. 대왕은 이곳 하늘궁전에 출입해 본 적이 없으니 군사들이 길을 막는 것은 당연한 것이 아니겠소. 이제 옥황상제님을 배알하고 신선의 부적에 들게 되면 그때부턴 이런 일 없이 마음대로 출입할 수 있을 것이오."

말리면 더하는 법. 손오공은 신장들을 향해 삿대질을 하며 버럭버럭 소리쳤다.

"너희들 피떡이 될 뻔한 줄 알아! 이 영감탱이 아니었으면 오늘이 너희들 제삿날이었어! 제삿날!"

태백금성은 씩씩대며 소리치는 손오공의 소매를 강제로 잡아끌
며 옥황상제가 있는 영소전으로 향했고 신장들은 노여운 마음 가누
며 부들부들 몸을 떨었다.

태백금성에게 이끌려 영소전에 도착한 손오공은 그를 따라 안으
로 들어갔다. 손오공이 주위를 둘러보니 양편으론 휘황찬란한 의관
을 갖춘 대신들이 길게 늘어서 있고, 정면에는 높다란 옥좌에 상서

로움 가득한 노인이 자신을 아래위로 훑어 보며 앉아 있는 것이었다. 손오공도 노인을 마주 훑어 보았다. 번쩍이는 금빛 정복正服을 걸치고 작은 옥구슬이 주렁주렁 앞뒤로 매달린 면류관을 썼는데 그 뒤로는 밝은 후광이 눈부시게 빛났다. 살굿빛 피부와 구름처럼 하얀 수염에 상서로운 기운이 충만하니 지엄하고 존귀함 그 자체였다. 손오공은 저도 모르게 중얼거렸다.

“와! 대단한 영감탱이로군. 나도 저렇게 되는 건가…….”

태백금성은 옥황상제에게 예를 갖추어 절을 올렸지만 머리 숙이는 것을 수치로 여기는 손오공은 허리를 꼿꼿이 편 채 옥황상제를 마주 훑어 보기만 할 뿐이었다.

“분부하신 대로 화과산에 내려가 손오공을 데리고 왔사옵니다.”

태백금성이 아뢰자 옥황상제는 손오공을 바라보며 예를 갖춰 인사하기를 기다렸다. 반면 손오공은 자신과 눈싸움을 벌이려는 줄 알고 눈을 부라리며 희번덕거렸다. 이에 옥황상제는 두리번두리번 다른 곳을 살피며 물었다.

“태백금성이 데려온 그 버릇 없는 원숭이는 어디 있는가?”

순간, 손오공은 발끈하며 덤벼들려 하다가 불현듯 스치는 생각 하나가 있어 급히 멈췄다. 이 자리에서 난리를 떨었다간 벼슬 한번 못해 보고 이대로 쫓겨날 것이 자명하여 이렇게 되받아쳤다.

“버릇 없는 원숭이 눈엔 버릇 없는 원숭이만 보이는 법. 그 딴 놈은 여기에 없고 예의 바르고 착한 사람이 여기 있지요.”

손오공의 천인공노할 무례한 행동에 그 자리에 모여 있던 문무백관들은 대경실색 호통을 쳤다.

“저런 쳐 죽일 놈을 봤나! 감히 지엄하신 옥황대천존님께 ‘버릇 없는 원숭이 눈엔 버릇 없는 원숭이만 보이는 법!’ 이라니!”

손오공도 뒤질세라 옥황상제를 가리키며 소리쳤다.

“영감이 먼저 시빌 걸잖아!”

일순간 험악한 말들이 오갈 것을 우려한 옥황상제가 조용히 만류하였다.

“모두들 그만두어라. 하계세상에서 온 자가 어찌 하늘나라의 예법을 알겠는가. 용서함이 마땅하리로다.”

문무대신들이 읍을 하며 복종하자 손오공은 승자가 된 듯 히죽대며 옥황상제에게 말했다.

“저의 뛰어난 능력을 보고 그에 맞는 벼슬을 준다기에 따라왔으니 빨리 주세요.”

손오공이 이처럼 자랑하듯 떠드는 폼을 보자 옥황상제는 내심 작거나 큰 깨달음이라도 얻어 착함을 알고 있는지가 궁금하여 물었다.

“네가 재주를 자랑하는데 어떤 것들이 있는지 말해 보라.”

손오공은 거들먹거리며 대답하였다.

“일단 하늘과 수명을 같이할 줄 알고 일흔두 가지 술법을 부릴 줄 알며 근두운법을 쓰면 십만 팔천 리를 갑니다.”

그렇게 말해 놓고는 만족스런 웃음을 지어 보이자 옥황상제는 어이없는 듯 말했다.

“그게 다냐?”

“그럼 뭘 바래요?”

손오공이 헤죽헤죽 두 눈을 깜빡이며 반문하니 옥황상제는 짧은 한숨을 한 번 내쉬며 말했다.

"그럼 그렇지. 바라긴 뭘 바라겠느냐."

옥황상제는 즉시 좌중의 신들을 돌아보며 손오공에게 줄 만한 빈 관직이 없는지를 물었다. 그러자 무곡성군武曲星君이 앞으로 나서며 아뢰었다.

"천궁 내 각 궁전과 전각, 그리고 여러 처서에는 자리가 모두 차서 없사온데 다만 어마감御馬監에 집사 자리가 하나 비어 있습니다."

그 말을 들은 옥황상제는 나지막한 목소리로 속삭이듯 말하였다.

"손오공의 재간에 비한다면 벼슬이 맞지도 않을 뿐더러 너무 작구나."

"허나 비어 있는 다른 자리가 없는데 어쩌면 좋겠나이까?"

이에 옥황상제는 태백금성을 가까이 불러 이런 일을 설명하니 태백금성이 목소리를 낮춰 아뢰었다.

"폐하, 그간 지켜 온 하늘의 법에 따른다면 폐하의 말씀대로 저자의 능력에 맞춰 내릴 벼슬은 아니오나, 일단 합당한 자리를 만들 때까지는 임시로 내리옵소서. 그리고 필요한 공적을 쌓게 하심은 물론 성정性情도 닦게 하시는 것이 좋겠나이다."

옥황상제는 그의 말을 따르기로 하고 즉시 대신들을 둘러보며 명을 내렸다.

"화과산 손오공을 필마온弼馬溫 자리에 임명토록 하라."

옥황상제가 필마온의 벼슬을 하사하자 그것이 어느 위치의 벼슬인지도 모르는 손오공은 기쁜 마음에 곧바로 부임지를 향해 달려갔다. 벼슬을 하사 받아 신이 나던 손오공이 그곳에 먼저 들어와 있던 높고 낮은 다른 관원들을 불러 장부를 검사하고 말의 필수를 대조해 보니 천마가 무려 일천 마리나 되었다. 그는 그날부터 밤낮을 가리지 않고 열심히 일을 하였다. 그 덕에 천마들은 잔병치레 없이 살이 투실투실하게 올랐고 그렇게 열심히 일을 하다 보니 보름이란 시간은 눈 깜짝할 사이에 흘러가 버렸다.

하루는 어마감에서 일하는 관원들이 한가한 시간을 틈 타 모두 모이더니 그동안 미뤄 온 손오공의 필마온 취임을 축하하고 천계에 온 것을 환영하는 뜻에서 조촐한 주연을 베풀었다. 주연이 한참 무르익어 갈 무렵 손오공은 문득 궁금한 것이 있어 관원들에게 물었다.

"내가 맡아 보는 '필마온'이라는 것은 도대체 몇 품에 해당하는 관직이냐?"

"품계요? 필마온이란 자리엔 품계가 있을 리 없지요."

"품계가 없다고?"

"예, 그런 것은 없습니다."

손오공은 크게 기뻐하며 물었다.

"품계라는 것이 필요 없을 정도면 이 필마온이라는 벼슬은 벼슬

중에서도 아주 많이 높은 벼슬이겠구나?”

그 소리에 관원들은 느닷없이 배꼽을 잡고 박장대소를 하였다.

손오공도 덩달아 웃음을 지어 보이며 물었다.

“뭐가 우습다고 깔깔거리는 게냐? 같이
웃자꾸나.”

“그게 무슨 말씀입니까? 이
어마감의 필마온 자리는 아주

높은 것이 아니라 아주 낮은 것이라고요. 우리들이 하는 이 일은 그저 다른 관리들을 대신해서 이곳 말들을 돌보는 것뿐이니까요. 그렇게 말들을 정성껏 잘 돌보아 살찌게 해 놓으면 관리들은 가끔 한

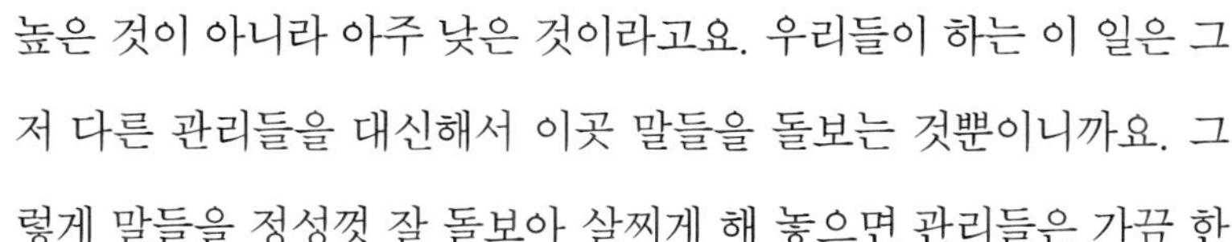

가한 시간에 찾아와서 '잘 먹였군.' 하는 공치사 한마디 해 주는 정도지요. 까딱 잘못하여 말이 조금이라도 여위면 당장 끌려가서 죽지 않을 정도로 문초를 받는 그저 그런 아주 하찮은 벼슬이지요. 그런데 이 필마온을 아주 높은 벼슬이라니, 얼마나 웃깁니까? 하하하."

그 말을 듣고 얼굴 가득 노기가 치솟은 손오공은 자리에서 벌떡 일어나 들고 있던 술잔을 바닥에 내동댕이치며 노발대발 소리를 질렀다.

"이놈의 영감탱이가 이 어르신을 깔보아도 유분수지! 화과산에서 대왕으로 떠받들며 원숭이들의 태조로 불리던 나 손오공을 속여다 저희 놈들 말이나 돌보게 해! 내 분해서 당장 때려치고 말겠다. 이 따위 이치에 맞지 않는 똥 같은 관직은 싫단 말이다!"

손오공은 냅다 발길로 술상을 걷어차 뒤엎어 버리고는 귓속에서 여의봉을 꺼내 사발 아가리만한 두께로 만들더니 이리저리 휘둘러대며 미친 듯이 소릴 질러대기 시작하였다. 그 바람에 축하잔치를 베풀어 주던 어마감의 관원들은 혼비백산 달아나 버렸고 분에 받친 손오공은 그대로 어마감을 빠져 나와 번개같이 남천문을 향해 내달렸다.

이성을 잃어 버린 채 여의봉을 휘두르며 남천문을 향해 달려가던 손오공은 그곳을 지키던 병사들을 발견하자 그들에게 분풀이를 하고 싶어 쏜살같이 돌진하며 시비를 걸었다.

"길을 비켜라! 이 어르신의 앞길에 알짱대는 놈은 살아남지 못하리라!"

멀찌감치 서서 그 소릴 들은 남천문 병사들은 서둘러 문을 열어 주었다. 손오공은 이미 필마온의 벼슬을 하사받아 신선의 부적에 들어 하늘문의 출입이 자유로운 탓에 굳이 병사들은 막아 설 이유가 없었던 것이다. 노기를 떨치며 분풀이를 하려던 손오공은 왠지 머쓱하고 쑥스러워서 그대로 남천문을 뛰어 나오자마자 득달같이 화과산으로 도망쳐 버렸다.

한편, 자신들의 임금을 하늘 벼슬길에 내보냈던 손씨 일가는 오랜만에 그가 돌아오자 무척이나 기뻐하였다. 원숭이들은 즉시 술상을 차려 환영하는 잔치를 열고 모두들 그의 곁에 모여들어 술을 따라 올리며 이것저것 물었다.

"대왕님. 대왕님께서 드디어 등용문登龍門에 나가게 되셨는데, 하늘에 올라가셔서는 얼마나 높은 직책을 맡아 보셨습니까요?"

손오공은 생각하기도 싫은지 미친 듯이 이리저리 머리를 털며 대답하였다.

"묻지 마라, 묻지 마라. 창피하니 묻지 마라. 생각하면 할수록 분통이 터져 죽을 지경이다! 그 옥황상제란 영감탱이가 사람을 몰라보고 말이나 돌보는 필마온을 시키지 뭐냐. 나는 내게 세상을 덮고도 남을 재주가 있으니 그에 합당한 제일 좋은 벼슬을 받은 줄 알고 손씨 가문을 빛낼 겸 좋아라 해서 열심히 했었다. 그런데 나중에 알고 보니 그 벼슬이 말똥이나 치우는 제일 꼴찌 벼슬이더라. 그래서 화가 치밀어 다 때려치우고 화과산으로 다시 돌아온 것이다."

손오공이 몹시도 부끄러워하는 모습을 보자 여러 원숭이들은 왁자지껄 떠들며 위로하였다.

"대왕님, 대왕님. 창피해하실 것 없습니다. 잘 오셨어요. 정말 잘 돌아오셨습니다. 우리들의 왕으로 계시는 것이 대왕님에게 제일 알맞은 자리입니다. 존경받는 것은 물론이고 제일 즐거운 일인데 무엇 하러 그놈들 따위의 마부 노릇을 하십니까? 잘 돌아오셨습니다.”

그렇게 위로하고는 술을 따르고 춤을 추며 분위기를 흥겹게 만들었다. 고개를 떨어뜨린 채 술만 들이키던 손오공도 어느새 만취하여 덩달아 춤을 추었다. 한참을 즐기고 있노라니 주변에 살고 있는 뿔 하나씩 달린 독각귀왕獨角鬼王들이 번쩍이는 자황포赭黃袍 한 벌을 들고 찾아와선 문안인사를 올리며 바쳤다. 손오공은 매우 흡족해하며 그에 대한 사례로 두 마귀 왕을 전부총독선봉前部總督先鋒으로 삼았다. 두 마귀 왕은 사례하고 나서 물었다.

“대왕님께서는 하늘에 계시면서 무슨 관직에 계셨습니까?”

“옥제 영감탱이가 사람을 몰라보고 나를 저희 말똥이나 치우는 필마온으로 부려 먹었다.”

손오공이 부끄러워 얼굴을 붉히자 두 마귀 왕이 말하였다.

“아니? 엄청난 신통력을 가지신 대왕님께서 남의 말똥 치는 노릇을 하시다니요. 제천대성齊天大聖을 맡아 마땅하실 분을.”

그 소리에 손오공의 얼굴엔 금세 화색이 돌았다. 즉시 네 건장에게 분부하여 ‘제천대성’ 깃발을 만들어 동굴 밖에 내다 걸게 하는 한편, 부하들에게 일러 앞으로는 오직 제천대성이라고만 부르게 하였다.

다음날, 옥황상제는 정무를 보기 위해 어전에 나왔는데, 문무대신들이 모여 웅성거리며 떠들고 있었다. 옥황상제가 무슨 일인지

물으니, 장천사張天師가 어마감의 감승과 감부를 데리고 붉은 계단 아래에 나와 엎드리며 아뢰었다.

"폐하, 폐하께옵서 새로 들이셨던 필마온 손오공이 관직이 낮음을 불평하며 천계를 떠나 버렸사옵니다."

옥황상제는 크게 노하여 곧 탁탑천왕托塔天王 이정李靖을 마귀정복대원수降魔大元帥로, 그의 셋째 아들 나타태자哪咤太子를 삼단해회대신三檀海會大神에 임명하여 하계에 내려가 손오공을 잡아들일 것을 명령하였다. 탁탑천왕과 나타태자는 곧바로 영소전을 나와 본궁에 가서 삼군을 점검한 후 거령신巨靈神을 선봉으로 삼고 어두장魚肚將에게 후방을 맡기고 약차장藥叉將에게는 군사의 사기를 독려하는 일을 맡겼다. 그런 다음 자신은 나타태자와 함께 중군의 군사들을 맡기로 하는 한편 이천왕은 역발산기개세力拔山氣蓋世를 지닌 거령신을 불러 그로 하여금 일군을 거느리고 먼저 쳐들어가 손오공을 잡아오라 명하였다.

한편, 이런 사실을 모르고 있는 수렴동 손씨 일가는 여느 때와 마찬가지로 저희들끼리 동굴 밖에 모여 시끌벅적 장난을 치며 놀고 있었다. 그런데 갑작스레 하늘이 어두워지더니 남쪽 하늘로부터 거대한 구름이 몰려오는 것이었다. 이상하게 생각한 원숭이들이 높은 나무 위로 올라가 거대한 구름을 살펴보았더니 구름은 빠른 속도로 화과산을 향해 몰려오는데 그 위에는 천마에 올라탄 무섭게 생긴 장수 하나가 커다란 도끼를 꼬나 잡은 채 수백 명의 창칼로 무장한 병사들을 거느리고 위풍당당하게 서 있는 것이었다. 깜짝 놀란 원숭이들은 후다닥 나무에서 뛰어 내려와 더 이상 진격해 오지 못하도록 병장기를 휘젓고 꽥꽥 소리를 질러대며 위협하였다. 그 꼴을 보자 거령신이 큰 소리로 호통을 쳤다.

"이 몹쓸 요괴 놈들아! 난 옥황상제님의 성지를 받들고 네놈들을 없애러 온 하늘의 대장 거령신이다. 필마온에게 가서 썩 나와 무릎을 꿇고 항복하라 일러라!"

무리 중에 있던 가장 작은 원숭이가 득달같이 동굴 안으로 달려 들어가 이 사실을 알렸다. 손오공은 픽 코웃음을 치면서 갑옷을 입고 여의봉을 빗겨 쥔 다음 부하들을 이끌며 동굴 밖으로 나와 진을 펼쳤다. 이를 본 거령신은 크게 노한 나머지 도끼를 겨누며 큰 소리로 호통을 쳤다.

"어리석은 원숭이! 감히 나와 대적하겠다는 것이냐?"

쩌렁쩌렁 산천이 떠나갈 듯한 기백에 놀란 화과산 인근 모든 정령들은 혼비백산 동굴 속으로 숨어 버렸고, 싸움터에 나온 손씨 일가마저도 온몸을 오들오들 떨어대는데 정작 죄를 짓고 도망쳐 온 손오공만은 그런 거령신을 비웃기라도 하듯 카랑카랑한 목소리로 마주 소리쳤다.

"네놈이 어디서 굴러먹다 온 놈인지는 모르겠으나, 일찍이 이 어르신께서는 너 같은 놈을 본 일이 없다. 그러니 썩 돌아가 옥제 영감탱이에게 내 말을 전하도록 해라. 인재를 가려 쓸 줄 모르기로 어찌 재간이 출중한 이 어르신을 한낱 마부로 부려 먹느냐고 말이다!"

그리고는 동굴 입구에 꽂아 놓은 제천대성이란 깃발을 가리키며 말을 이었다.

"저 깃발의 글자가 보이느냐? 만일 저 글자대로 벼슬 자리를 준다면 군사를 거두겠지만, 만약 들어 주지 않는다면 기회를 보아 꼭 영소보전에 들이닥쳐서 옥제 영감탱이를 용상에서 내쫓을 것이라고 전하라!"

서로의 생각차가 이렇듯 명백하니 두말이 필요 있겠는가. 거령신은 커다란 선화부宣化斧를 치켜들기 무섭게 쏜살같이 달려들어 산을 쪼갤듯 손오공의 정수리를 내려치니 손오공도 번개같이 여의봉을 휘둘러 막아낸다. 중얼중얼 근두운을 피워 타고 공중을 향해 치솟아 올라가는 손오공을 보자 놓칠세라 뒤쫓는 거령신이 위풍을 떨치며 연방 도끼질을 해대니 주변은 온통 분홍 꽃잎들이 흩날렸고 요리조리 피하며 빙글빙글 돌려대는 손오공의 여의봉 때문에 사방은 칠흑같은 안개로 뒤덮였다.

이런 기이한 광경이 생기는 까닭은 저마다 마음속에 품고 있는 두 사람의 기운이 다르기 때문이었다. 거령신의 하늘을 향한 굳은

충의가 선화부를 타고 뿜어 나와 분홍 꽃잎들을 피운 것이라면, 이를 막는 손오공의 어둡고 흉흉한 안개는 자신의 능력을 알아주지 않는 하늘을 원망하고 사람을 미워하는 비분강개悲憤慷慨의 마음이리라. 불꽃을 튀며 본격적인 싸움 한판 벌어지니 양군은 사기를 돋우기 위해 북을 치고 징을 울려대며 우렁찬 함성을 질렀다. 하늘과 땅을 울리는 요란한 굉음은 부딪히는 두 신의 병기 소리였으니 한 치 실수도 용납할 수 없이 곧장 목이 날아갈 판이었다.

바람처럼 움직이는 근두운과 힘차게 내달리는 천마가 서로의 빈틈을 찾아 분주하게 움직이기를 삼십 합! 시간이 지날수록 손오공의 여의봉은 그 흉흉한 기세를 더해가는 반면, 선화부를 휘두르는 거령신은 힘들고 지쳐 헛손질까지 해 가며 허둥대기 시작하였다. 거령신은 더 이상 견딜 수가 없다고 판단되었던지 낌새를 보아 퇴각하려고 하였다. 하지만 이를 눈치채고 있던 영악한 원숭이! 놓치지 않고 먼저 손을 썼으니 여의봉을 내질러 거령신의 가슴을 찌르는 척하다가 빙글 몸을 돌려 있는 힘껏 그의 머리를 내리쳤던 것이다. 여의봉이 가슴을 찔러 온다고 판단했던 거령신은 여의봉을 그대로 흘려 보내고 공중으로 달아나려던 찰나, 쌩 하는 매서운 바람소리와 함께 머리 위로 여의봉이 날아들자 혼비백산 놀라 황급히 선화부를 치켜들어 막았지만 일만 삼천오백 근의 무게에 가속도가 붙은 여의봉을 무슨 수로 견딜 수 있으랴! 그만 애지중지 아끼던 도끼만 그 자리에서 두 동강이가 났고 육중한 여의봉은 그대로 거령신의 머리통에 내려꽂히고 말았다.

눈알이 튀어 나올 정도로 놀란 거령신! 다행히 천운이 따랐던지 선화부가 두 동강이 나면서 여의봉의 무게를 어느 정도 빼앗아 주었고 쓰고 있던 투구마저 벗겨지면서 나머지 무게를 흩어 놓았기 때문에 큰 낭패는 면할 수가 있었다. 간신히 목숨을 부지할 수 있었던 거령신은 체면이고 뭐고 생각할 겨를 없이 달아났고 거령신을 따라왔던 천병天兵들도 뿔뿔이 흩어져 거령신의 뒤를 쫓아 달아나 버렸다. 허둥대며 달아나는 천군들을 보자 손씨 일가는 함성을 지르고 북과 징을 치며 승리의 환호성을 울렸다.

한편, 본진에서 한가하게 승전보를 기다리고 있던 탁탑천왕은 머리에는 커다란 혹 하나를 대롱대롱 달고 양손에는 두 동강 난 선화부를 든 채 비참한 꼴로 돌아온 거령신을 보자 깜짝 놀라 자초지종을 물었다. 거령신은 하도 부끄러워서 얼굴도 들지 못한 채 기어들어가는 목소리로 모든 정황을 낱낱이 고하자 대노한 탁탑천왕은 싸움에 패한 이유를 물어 그의 목을 쳐 버리려 하였다. 그때 탁탑천왕의 아들 나타태자가 다급히 만류하고 나섰다.

"아버님, 너무 노여워 마십시오. 제가 나가 필마온을 잡아올 것이니 거령신의 죄를 용서해 주십시오."

나타태자의 대단한 기백을 일찍부터 알고 있던 탁탑천왕은 그가 직접 나서겠다고 말하자 크게 기뻐하며 제안을 받아들이기로 하고 거령신에게는 천궁으로 돌아가 처분을 기다리라고 하였다. 나타태자는 진영을 나오자 병사들의 무기를 세세히 점검한 후 즉시 화과산으로 진격하였다. 나타태자가 지휘하는 군사들이 또다시 쳐들어오는 동안 손오공과 그의 일가는 동굴 앞 소나무 숲에 옹기종기 모여서 솔방울을 까먹으며 왁자지껄 장난치며 놀고 있었다. 그러던 중 또다시 하늘이 어두워지면서 남쪽 하늘로부터 북과 나팔소리가 천지를 뒤흔들자 손씨 일가는 서둘러 진세를 펼쳤다. 무리의 중앙에 서 있던 손오공은 이번에는 천군들의 기세가 사뭇 용맹한 것을 보고 곧 구름을 잡아 타고 쏜살같이 날아가 이렇게 물었다.

"뉘 집 애냐?"

손오공이 도발을 걸어오자 명예를 목숨보다 중히 여기는 나타태자는 냉소를 띠었다. 그는 차분히 소년 같은 낭랑한 목소리로 섬뜩하리만큼 흉악한 욕을 해댔다.

"이런 돼먹지 못한 원숭이놈! 나는 탁탑천왕의 셋째 아들 나타다. 오늘 옥황상제님의 명을 받들고 네놈의 모가지를 끊고 뼈에 붙은 살점까지 베어가기 위해 여기까지 왔느니라!"

기죽을 손오공이던가! 그는 실소를 터뜨리며 말하였다.

"하하하, 아직 젖비린내도 가시지 못한 조무래기가 제법 흉악한 소리를 지껄이는구나. 이 어르신께서 너를 때리지 않고 곱게 돌려 보내 줄 것이니 돌아가거들랑 옥제 영감에게 이렇게 전하거라. 만약 나한테 옥제 영감과 같은 반열의 제천대성 벼슬자리를 주지 않겠다고 고집을 피우면 어느 때고 시간 날 때 꼭 영소전을 들이칠 것이라고 말이다. 알겠느냐?"

"이런 방약무인傍若無人한 것! 감히 네가 제천대성이 되겠다고? 그 따위 소릴 내뱉기 전에 내 칼에 네 모가지가 견뎌 낼 수 있는지부터 보자."

노기등등해진 나타태자가 "변해라!" 하며 주문을 외우자 순간, 주변 가득 오색안개가 피어오르면서 그의 몸을 감싸니 순식간에 몸뚱이 셋에 여섯 개의 팔을 가진 흉악한 모습으로 변하였다. 그 여섯 개의 손마다 보랏빛 상서로운 안개를 뿜어 대는 여섯 병장기들이 들려 있었는데, 바람에도 머리가 잘려 나간다는 참요검斬妖劍, 강철도 꿰뚫는 감요도砍妖道, 마귀를 결박하는 박요색縛妖索, 태산도 무너뜨리는 항요저降妖杵 방망이, 둥글게 생긴 철퇴 모양의 수구아綉毬兒, 둥근 수레바퀴 모양에 불꽃을 뿜어대는 칼날 달린 화륜아火輪兒였다. 이렇듯 무서운 여섯 보배를 휘두르며 손오공을 향해 덤벼들자 손오공도 뒤질세라 주문을 외워 순식간에 세 개의 몸을 만들고 세 개의 여의봉을 만들어 두 손마다 각기 나눠 쥐고는 마주 덤벼들었다.

순간! 맑던 하늘의 적막이 깨지면서 한판 격전이 벌어지니, 노한 하늘은 천둥번개 번쩍이며 해를 가려 버렸고, 잠자던 바다는 미친 듯 천길 높이 파도를 치솟아 올렸으며, 잠자던 대지마저도 몸을 떨어 지축을 흔들자 땅은 층층으로 갈라지고 산은 부스러지듯 무너져 내렸다. 굴 속에 숨어 사는 요괴들은 동굴 문을 꽁꽁 닫고 숨을 곳 없는 귀신들은 울며불며 풀숲을 뛰어다녔다. 자신만만한 두 신을 앞세워 전쟁에 나선 양편 군사들마저 떨려 오는 몸을 가누지 못해 어쩔 줄을 몰라 하였으니, 이 모든 이유 서로를 미워하는 탓이리라. 용서 못하는 잔혹한 마음은 죽이기만 원하니, 쩌렁쩌렁 부딪혀 울리는 병기 소리는 서로의 목숨 내놓으라 질러대는 호통소리요, 번쩍번쩍 불꽃은 서로의 약점을 찾아 한칼에 끝내려는 살기 서린 눈빛이라 시간은 흘러도 그 맹렬한 기세만은 더해 간다.

　십 합, 이십 합, 삼십 합, 사십 합…….

　상대의 숨통 끊어놓고자 무기마저 천만 가지로 변형시켜가며 요행을 꾀했으나 백 합이 넘어 가는 싸움은 좀처럼 그 끝이 보이질 않았다. 길어지는 싸움은 손오공을 짜증스럽게 만들었고 결국 잔꾀를 부리게 만들었으니 그는 여의봉을 휘둘러 일진광풍一陣狂風을 일으켰다. 사방천지 흙먼지가 용솟음쳐 일더니 나타태자는 물론 양군 병사의 시야마저 빼앗아 버렸다. 손오공은 그 혼란을 틈타 머리털 하나를 뽑아 질겅질겅 씹어 뱉었다. 순간 자신과 똑 같은 분신이 만들어졌고 그 분신으로 나타태자와 싸우게 한 손오공은

재빨리 그의 뒤로 돌아가 여의봉을 치켜들기 무섭게 나타태자의 어깨를 내려쳤다. 팔이 떨어져 나갈 듯한 극심한 고통을 느낀 나타태자는 어깨를 감싸 잡으며 한 길 너비로 달아나 거친 숨을 몰아쉬며 뒤돌아보았는데 그만 깜짝 놀라고 말았으니 자신도 모르는 사이에 또 하나의 흉악한 원숭이가 구부정한 자세로 조소嘲笑를 하고 있는 것이 아닌가?

“어리석은 나타야 힘만 믿고 까불다간 그 꼴이 되는 것이다. 이 어르신이 적당히 봐줄 때 썩 달아나거라!”

여의봉 한 방에 여지없이 맥이 풀려 버린 나타태자는 더 이상 싸울 엄두가 나지 않아 다급하게 몸을 흔들어 신통력을 풀더니 천군들을 이끌고 아버지 탁탑천왕이 있는 본진으로 도망쳐 버렸다. 어깨에 큰 상처를 입고 패군지장敗軍之將이 되어 돌아온 나타태자를 보자 탁탑천왕은 손오공이 너무 무섭고 두려워서 즉시 회군령을 내렸다.

옥황상제에게 되돌아온 이천왕은 모든 일을 상세히 고하였고 옥황상제를 비롯한 문무백관들은 아연실색하였다. 옥황상제가 대노하여 이렇게 말하였다.

“이런 무지막지한 놈! 그렇게까지 오만하게 나온다면 지금 당장 여러 장수들에게 명령하여 아예 화과산을 통째로 쓸어 버리도록 해야겠다!”

태백금성이 한 발 앞으로 나서며 아뢰었다.

"그런 무지막지한 놈을 상대로 하늘 군사를 더 풀어 싸워 봤자 당장 이길 수도 없고 공연히 병사들만 지치게 할 뿐이옵니다. 차라리 폐하께서 조서를 내리시어 그놈을 제천대성으로 인정해 주시는 편이 좋을 것으로 사료됩니다. 그까짓 이름과 관직만 주고 봉록을 내리지 않으시면 그만 아닐까 아뢰옵니다."

"관직은 주고 녹은 주지 말라니, 어떻게 그런단 말인가?"

"그 원숭이놈은 심통에 고집까지 있습니다. 그러니 원하는 대로 되지 않으면 말썽으로 세상을 어지럽혀 대왕님의 속을 두고두고 썩일 것이니 대충 이름만 제천대성이라 정해 놓고 일자리와 봉록은 없게 하시어 잠시 동안 천계에 붙들어 두고 그놈의 못된 버릇을 고쳐준다면 하늘과 땅, 그리고 사면의 바다가 평안과 안녕을 누릴 수 있을 것이옵니다."

모든 대신들은 고개를 끄덕이며 감탄하였고 옥황상제도 그 말을 옳게 여겼다.

"경의 말이 옳소!"

옥황상제는 즉시 조서를 꾸며 태백금성으로 하여금 화과산의 손오공을 찾아가 다시 한번 초무하게 하였다. 태백금성이 조서를 받들어 또다시 화과산으로 내려와 보니 이전과는 사뭇 딴판이 되어 있었다. 동굴 입구에는 제천대성이란 깃발 아래 온갖 요귀와 원숭이들이 창검과 몽둥이를 든 채 버티고 서 있었는데 그 사납기가 이루 형형할 수 없을 지경이기 때문이었다. 그것들이 태백금성을 보자마자 우르르 몰려들어 창검으로 찔러 보려 드니 놀란 태백금성이 다급하게 소리쳤다.

"어허, 안 돼! 썩 들어가서 옥황상제님의 천사 태백금성이 성지를 받들어 대성님을 청하러 왔다고 알리거라!"

원숭이 한 마리가 들고 있던 창을 어깨에 둘러메더니 쫄랑쫄랑 안으로 들어가 보고하였다. 손오공은 대강 짐작하고 있던 터라 이렇게 말했다.

"이제야 저것들이 나의 능력을 깨닫고 그에 걸맞는 합당한 자리를 주려는 것일 게다."

네 건장들이 크게 기뻐하며 말하였다.

"맞습니다요. 대왕님께서 이번에 가서서 큰 벼슬에 오르시거든 대왕님의 바람대로 세상 모든 생명들을 위해 그 능력을 펼쳐 보십시오. 그것이 우리 손씨 가문의 이름을 길이 빛내는 것이고 저희들도 그 이상 바랄 것이 없겠습니다."

모든 원숭이들이 "대왕님, 만세!"를 외치며 축하하였고 손오공은 으쓱거리며 즉시 풍악을 울려 사신을 맞아들이게 하였다. 손오공과 마주한 태백금성은 옥황상제의 성지를 모두 읽어 주고는 이렇게 덧붙여 말하였다.

"이 늙은 것이 대성을 위해 옥황상제님께 사정하였더니 옥황상제님께서 윤허하시어 이렇게 대성을 청하러 온 것이오."

손오공은 기분이 좋아서 히죽거리며 물었다.

"고맙기는 대단히 고맙습니다. 그런데 정말 제천대성이란 벼슬자리가 있기나 합니까? 혹시 지난번처럼 이 순진한 몸을 꼬여다가 속여 먹으려는 것은 아니겠지요?"

"그게 무슨 말씀이오? 없는 것을 어찌 이 늙은 것이 주시라고 상주하고, 또한 어떻게 윤허를 받아 옥황상제님의 성지라며 예까지 왔겠소이까?"

그제야 의심이 풀린 손오공은 입이 함박만해지며 크게 기뻐하더니 곧 태백금성을 쫓아가 옥황상제를 배알하였다. 손오공을 보자 옥황상제는 인자한 목소리로 물었다.

"손오공은 이리 가까이 오너라."

손오공은 뒤뚱뒤뚱 다가가 퉁명스럽게 물었다.

"왜요?"

"너는 그렇게 제천대성이 되고 싶으냐?"

손오공은 뾰루퉁한 표정으로 대답하였다.

"당연히 되고 싶지요. 제 능력을 펼치려면 그 정도는 해야 된다고 생각해요."

옥황상제는 쓴웃음을 지어 보이며 말하였다.

"그래, 그럼 그렇게 해 주마. 대신 제천대성의 관직에 앉혀 주면 두 번 다시 말썽부리지 말아야 한다."

손오공은 기쁨을 감추지 못해 해맑게 웃으며 대답하였다.

"그럼요, 그럼요! 난 나의 능력 떨칠 수 있는 제일 높은 제천대성이 하고 싶으니까 그것만 시켜 주신다면 두 번 다시 말썽 안 부리겠습니다."

손오공의 다짐을 받고 난 옥황상제는 고개를 끄덕이더니 즉시 명하였다.

"그래, 이제 너로 하여금 '제천대성'으로 삼을 것이니 이 관직은 제일 높은 것이다. 그러니 앞으로는 모든 행실을 가리고 삼가 아랫사람의 본이 되도록 해야겠다. 그것이 네가 처음 할 일이다."

옥황상제의 윤허가 떨어지자 손오공이 연방 허리를 굽혀 감사하다는 인사만 올릴 뿐이었으니 이 큰 사건은 세상곳곳에 알려지게 되었다. 옥황상제는 비록 이름뿐이었으나 그래도 자신의 반열과 같은 예우를 갖춰 주기 위해 즉시 공간관工幹官 두 사람에게 일러 반도원蟠桃園 오른편에다 제천대성부齊天大聖府를 화려하게 세우게 하고 그 안에다 안정사安靜司와 영신사寧神司라고 하는 두 개의 관부를 두도록 명령하는 한편, 관부마다 심부름꾼인 신선 벼슬아치들을 좌우로 두어 손오공의 불편함이 없도록 시중을 들게 하라는 크나큰 은혜를 베풀었다. 그뿐만이 아니었다. 다시 오두성군五斗星君을 불러 그에게 명하여 손오공을 그곳으로 데려가게 하고 따로 사

람을 시켜 어사주御賜酒 두 병과 함께 금으로 된 꽃 열 송이를 하사
하여 손오공의 사악해진 마음을 진정시키도록 하였다.

제천대성齊天大聖에 오른 손오공. 그가 원하던 벼슬을 얻었으니
그에 따른 책임을 다할지는 아직 알 수 없으니 이에 대해서는 하회
를 보라.

제5화

손오공 토벌전

제천대성 손오공. 비록 그는 바람대로 하늘에서 제일 높은 관직에 올랐다. 하지만 본래 관직의 높고 낮음에 따르는 책임을 알지 못하고 봉록의 많고 적음도 따질 줄을 몰랐으니, 하는 짓이라고는 그저 친구들과 함께 천궁의 이곳저곳을 돌아다니며 술 마시고 꽃 따면서 의형제만 맺어델 뿐이었다. 오늘은 동쪽, 내일은 서쪽. 날이면 날마다 정신없이 놀러 다녔다.

그러던 어느 날, 옥황상제가 조회에 나오니 허정양許旌陽 진인眞人이 근심스러운 얼굴로 반열에 나와 꿇어앉으며 이렇게 상주上奏하였다.

"폐하, 폐하께옵서 제천대성 손오공에게 벼슬만 내리시고 모든 업무를 폐하께옵서 관장하시니 제천대성은 아무 하는 일이 없어 놀기만 합니다. 또한 폐하와 같은 반열임에도 불구하고 여러 별들과 상하의 예를 구별하지 않고 그저 벗으로만 사귀고 있는 터에 상하의 질서가 무너지고 있습니다. 저렇게 한가하게 지내다가 무슨 일을 저지르지나 않을지 걱정되어 아뢰오니 제천대성으로 하여금 일거리를 맡게 하시어 사단事端을 미연에 방지토록 하는 것이 좋을 줄로 아뢰옵니다."

옥황상제는 그 말을 옳게 여겨 고개를 끄덕였다.

"옳은 말이로다. 허나 그에게 어떤 일을 맡기자는 것인가?"

"제천대성이란 직분에 맞춰 일을 맡기시는 것은 폐하의 일을 위임하는 것으로 생명을 귀하게 여기는 덕이 부족한 대성으로서는 불가한 일이옵니다. 그러니 대충 반도원 일이나 맡겨 두시는 것이 좋겠나이다."

옥황상제가 그 말을 옳게 여겨 즉시 조서를 내려 손오공을 불러들였다. 얼마 지나지 않아 어디서 놀고 있었는지 귀에는 꽃을 하나 꽂고 싱글벙글 영소전으로 들어온 손오공이 인사를 하며 물었다.

"저를 보자고 하셨다는데 무슨 일이십니까?"

"네가 요즘 심심해 할 것 같아서 짐이 너에게 재미있는 일 한 가지를 맡기고자 하는데 어떻겠느냐?"

"좋습니다. 그럼 무슨 일을 하면 됩니까?"

"반도원을 관리하는 일인데 네가 대신 맡아 보되 아침저녁으로 잘 관리만 하면 되는 것이다."

"예, 그러지요."

손오공은 그 자리에서 나와 반도원으로 뛰어갔다. 반도원에 도착한 손오공이 안으로 들어가려 하자 그곳을 지키던 토지신土地神이 가로막으며 물었다.

"대성님, 어딜 가시려는 겁니까?"

"난 옥제의 명을 받고 이 반도원을 관리하는 일을 대신 맡아 보게 됐다. 그래서 지금 형편이 어떤지 조사하러 들어가는 길이다."

토지신은 반도원의 일꾼들을 불러 손오공에게 인사시킨 다음 과수원 안으로 안내하였다. 그들을 따라서 반도원 안으로 들어온 손오공은 달콤하고 향긋한 냄새가 콧속을 파고들자 이내 기분이 좋아져서 두 눈을 감은 채 숨을 깊게 들이마셨다. 그리고는 주변을 둘러보았더니 햇살을 가득 머금은 푸른 잎사귀 살랑거리는 나무들이 빽빽이 들어차 있었고 그 푸른 나무 속에 숨어 수줍은 얼굴을 붉히는 금빛 복숭아 열매들이 주렁주렁 가득하였다. 손오공은 내심 감탄을 금치 못하며 토지신에게 물었다.

"복숭아나무가 모두 몇 그루냐?"

"모두 삼천육백 그루인데 앞줄에 늘어선 천이백 그루의 나무들은 삼천 년만에 열매가 한 번씩 익습니다. 사람이 그것을 먹으면 신선이 되어 몸이 튼튼해지고 가볍게 됩니다. 중간 줄에 늘어선 천이백 그루의 나무들은 육천 년만에 한 번씩 열매가 익는데 사람이 그것을 먹으면 안개를 타고 날아다닐 수 있으며 장생불사할 수 있습니다. 맨 뒷줄에 늘어선 천이백 그루의 나무들은 구천 년만에 열매가 한 번씩 익는데 사람이 그것을 먹으면 천지와 수명을 같이하게 됩니다."

상서로운 보배를 관리하는 소임을 맡게 되었다고 생각한 손오공의 입가엔 밝고 환한 웃음이 번졌다. 그 즉시 돌아다니며 나무의 그루 수를 검사해 보고 정각들을 살펴본 손오공은 그렇게 제천대성부로 돌아와 쉬었다. 손오공은 그날로부터 친구들과의 모든 교제도 끊고 다른 곳으로 놀러 다니지도 않았으며 사나흘에 한 번씩 반도원에 찾아와 나무들을 구경하며 행복해하였으니 옥황상제의 계획이 착착 맞아 들어가고 있었다.

그러던 어느날 손오공이 여느 때와 같이 토지신과 일꾼들을 거느린 채 반도원에서 나무들을 점검하고 있었다. 그런데 가지에 매달린 복숭아 하나가 유난히도 달콤한 향기와 보드라운 살결을 뽐내가며 손오공을 유혹하자 손오공은 맛보고 싶은 충동이 용솟음쳤다. 하지만 토지신과 힘장사, 그리고 심부름꾼들이 뒤를 졸졸 따라다니면서 한시도 떨어지지 않는 바람에 어찌할 도리가 없자 한 가지 꾀를 생각해 내었다. 손오공은 보란 듯이 늘어지게 기지개를 켜며 길게 하품을 해 보이더니 토지신과 일꾼들을 돌아보며 말하였다.

“내 피곤한 탓에 여기 정자에서 잠시 쉬어야겠으니 너희들은 나
가 있어라.”

그들이 손오공의 의중을 모르고 분부대로 물러나가자 손오공은
의관을 모두 벗어 버리고
나무 위로 올라갔다.
살결이 보들보들하
고 잘 여문 큼지막
한 복숭아들만을
골라 따더니 배부
르게 먹고 나서 다시
의관을 차려 입고는 부하
들을 불러들여 함께 제천대
성부로 돌아갔다. 그러나 모든 것은 처음이 어려운 법. 손오공은 어
느새 습관이 되어선 사흘이 멀다 하고 찾아와 꾀를 부려 마음껏 복
숭아를 도적질해 먹었다.

그러던 어느날, 서왕모는 보각寶閣을 활짝 열고 요지瑤池에 반도
연회를 차리고자 홍의선녀紅衣仙女, 청의선녀靑衣仙女, 소의선녀素
衣仙女, 조의선녀條衣仙女, 자의선녀紫衣仙女, 황의선녀黃衣仙女, 녹
의선녀綠衣仙女 일곱에게 꽃바구니를 이고 반도원에 가서 복숭아를
따오라고 명하였다. 서왕모의 분부를 받고 반도원 입구에 도착한

일곱 선녀들이 토지신에게 말하였다.

"우리는 서왕모님의 분부를 받고 연회에 쓸 선도仙桃를 따러 왔습니다."

"선녀들은 잠시만 기다려 주십시오. 금년은 예년과 달리 제가 담당하지 않습니다. 옥황상제님의 분부를 받은 제천대성께서 이곳의 관리를 맡으셨지요. 그러니 그분의 허락을 얻어야 문을 열수가 있습니다."

"그럼, 대성님은 어디 계신가요?"

"과수원 안의 정자에서 주무시고 계십니다."

선녀들은 애타는 표정으로 간청하였다.

"빨리 만나 보아야겠는데요. 서왕모님이 기다리고 계셔서 지체되면 안 되니까요."

그러자 토지신이 선녀들과 함께 과수원으로 들어가 사방으로 돌아다니며 손오공을 찾았지만 어디서도 그를 찾을 수가 없었는데, 그는 평소 때와 마찬가지로 먹음직스러운 복숭아 몇 개를 따먹고 나선 배가 불러오자 몸집을 파리만큼 작게 변하게 하여 나뭇잎이 무성한 곳에 숨어 잠을 자고 있었다. 급기야 조바심이 난 선녀들은 눈물까지 글썽이며 말하였다.

"어떡해요, 어떡해? 서왕모님의 분부를 받고 온 우리가 대성님을 뵙지 못했다고 해서 빈손으로 돌아가면 틀림없이 문책을 받게 될 텐데, 이 일을 어떻게 하면 좋아요?"

곁에서 지켜보고 있던 심부름꾼 하나가 큰마음을 먹고 말했다.

"대성님은 자주 놀러 다니시는 분이니까 필시 어느 친구를 찾아 또 놀러 가셨을 것입니다. 선녀아씨들은 지체 말고 복숭아를 따도록 하시오. 대성님께는 우리가 말씀 드리겠습니다."

토지신도 그 말을 따르기로 하고 선녀들에게 복숭아를 따도록 허락하였다. 일곱 선녀들은 서둘러 복숭아를 따기 시작하였는데 먼저 앞줄에 있는 나무에서 두 광주리를 땄고 중간 줄에 있는 나무에서 세 광주리를 땄다. 마지막으로 뒷줄에 있는 나무로 가서 복숭아들을 따려고 보니 어찌된 일인지 그 나무에는 몇 개의 복숭아밖에 보이지 않는 것이었다. 그것마저도 다 여물지 못한 것들뿐이었는데 이미 먹기 좋게 잘 여물었던 복숭아들은 손오공이 모조리 골라가며 따먹어 버렸기 때문이었다.

선녀들은 걱정 가득한 표정으로 이리저리 살피더니 그나마 남쪽으로 뻗어 있는 가지 하나에 절반쯤 붉은 복숭아 한 알이 매달려 있는 것을 발견하였다. 선녀들은 그리로 몰려갔고 청의선녀가 복숭아를 따기 위해 손을 뻗어 가지를 휘어잡아 끌어내리자 그 옆에 있던 홍의선녀가 복숭아를 잡아 땄다. 청의선녀가 휘어잡고 있던 가지를 놓자 그 가지가 '팽~' 소리와 함께 흔들리면서 옆에 있던 나뭇가지를 건드렸는데 그 바람에 파리로 변해 그 가지에 숨어 낮잠 자던 손오공을 땅바닥으로 곤두박질치게 만들었다. 놀란 손오공은 벌떡 일어나 여의봉을 꺼내 들더니 버럭 소릴 질렀다.

"누구냐? 어디에서 굴러 들어온 것들인데 함부로 내 복숭아를 도적질하느냐?"

소스라치게 놀란 일곱 선녀들은 즉시 땅바닥에 꿇어앉아 용서를 빌며 서왕모가 여러 신들을 초대하여 반도대회를 열고자 복숭아를 따오도록 분부한 경위를 소상히 아뢰었다. 손오공은 대번에 반색하며 자상한 어조로 물었다.

"그런 사정이 있었구나, 어서 일어나라. 그런데 서왕모가 연회를 열어 누구누구를 청한다더냐?"

"예전부터 내려오는 관례대로 서쪽 하늘의 부처님과 보살님, 남방, 동방, 십주삼도, 북방, 중앙에 계시는 신선님들, 그리고 오두성군, 상팔동의 삼청, 사제, 태을천선 여러분들과 중팔동의 옥황, 구루, 해악신선, 하팔동의 유명교주, 주제신선, 그리고 그 밖에 각 궁전에 계시는 존귀한 분들이 모두 초청을 받고 오시지요."

손오공은 두 눈을 크게 뜨며 재촉하듯 물었다.

"나는? 나는 안 청하더냐?"

"듣지를 못했는데요."

손오공은 탐탁치 않은 표정으로 말하였다.

"그래? 그렇다고 제천대성인 내가 간다고 해도 안 될 법은 없지."

그의 안색이 고약하게 변하는 것을 보고 겁을 먹은 선녀들은 얼른 둘러대었다.

"방금 저희들이 말씀드린 것은 이전까지 청하던 관례에 따른 것이지요. 서왕모님께서 요번에는 아마 제천대성님도 초대하시겠지요."

손오공은 잠시 생각에 잠기더니 곧 말을 하였다.

"그럼 너희들은 여기서 잠깐 있어라. 날 청하는지 얼른 가서 알아보고 올 테니까."

손오공은 그렇게 말을 마치자 정신법定身法을 부려 일곱 선녀들을 나무 밑에 꼼짝 못하도록 서 있게 만들어 놓고서는 상서로운 구름을 타고 요지를 향해 휑하니 날아갔다. 요지로 날아가던 손오공은 도중에 상서로운 구름을 타고 오는 당당한 풍채의 신선을 발견하였다. 손오공이 그를 자세히 살펴보니 다 헤져 버린 누더기 옷에 한쪽 신은 어디다 잃어 버렸는지 맨발인 채 한 손에는 동전 한 닢이 매달린 실을 질질 끌며 싱글벙글 웃고 있었다.

"맨발도사 적각대라선赤脚大羅仙이시군! 어디로 가시는 길입니까?"

손오공이 그를 알아보고 인사를 하자 맨발도사가 털털하게 웃으며 화답하였다.

"허허, 서왕모의 초청을 받고 반도연회에 참석하고자 가는 길이라오."

손오공은 순간 맨발도사를 속여 먹어야겠다는 생각이 들어 이렇게 말했다.

"도사님은 아직 모르시는가 보군요? 내 근두운이 빠른 까닭에 옥제께서 나에게 일러 여러분들을 먼저 통명전에 모셔다 예식을 올린 다음 연회석으로 모시라고 분부하셨습니다."

손오공의 말을 곧이들은 맨발도사는 즉시 구름을 돌려 통명전으로 날아갔다. 자신의 계획이 먹혀들자 손오공은 주문을 외워 몸을 한 번 흔들어 방금 전 통명전으로 날아간 맨발도사와 똑같은 모습으로 변해 곧 반도대회가 열리는 요지를 향해 날아갔다. 요지에 도착한 손오공이 서슴없이 안으로 들어갔는데 사람들의 모습은 보이지 않고 진수성찬만이 가지런하게 차려져 있었다.

"그 누더기 맨발도사가 오랫동안 굶주렸던 모양이군. 그러지 않고서야 아직 아무도 도착한 사람이 없는데 혼자 조르르 달려오다가 이 몸과 마주쳐서 그런 꼴을 당했겠어."

이렇게 중얼거리고는 음식 앞에 다가서려니 어디선가 야릇하고 향기로운 술 냄새가 풍겨 왔다. 그 향기에 이끌려 좁은 복도를 지나가 보니 그곳에 우두머리로 보이는 자가 힘장사 도인들을 거느리고 잔치에 쓸 갖가지 선주仙酒들을 검사하고 있었다. 요지에 쓸 향기로운 술들은 이미 한쪽으로 치워 놓은 상태였는데 그 선주를 보고 있으려니 손오공은 군침이 뚝뚝 떨어져 도저히 견딜 수 없었다. 손오공은 몸에서 털 한줌을 뽑아 잠벌레 몇 마리를 만들더니 한 마리씩 튕겨 우두머리와 힘장사들의 코밑에 붙였다. 잠벌레가 콧구멍을 쑤시고 다니자 모두들 맥이 풀렸는지 그대로 주저앉아 잠이 들고 말았다. 손오공은 재빨리 뛰어나가 검사를 마친 선주만 골라 안으로 들고 와서는 잔칫상에 차려진 진귀한 음식들을 안주 삼아 마시고 먹어대었다. 배가 부르면 이성이 돌아오는 법!

번뜩 손오공의 뇌리를 스치는 걱정거리가 있었으니,

"앗! 이거 큰 일났군. 손님들이 들이닥치면 나에게 따지고 들 것이 아닌가?"

전전긍긍 고민하던 손오공은 이내 인상을 찌푸리며 중얼거렸다.

"에라 모르겠다! 속히 거처로 돌아가서 낮잠이나 자야겠다."

취기가 오를 대로 오른 손오공이 비틀비틀 걷다 보니 제천대성부가 아닌 다른 길로 잘못 드는 바람에 그만 도솔궁으로 들어서고 말았다. 자신의 거처가 낯설게 느껴진 손오공은 흐리멍덩한 시선으로 주위를 둘러보다가 화들짝 놀라 소리쳤다.

"아니! 여긴 태상노군의 거처가 아닌가? 내가 왜 이리 왔지?"

손오공은 다시 발길을 돌려 제천대성부로 돌아가려다 말고 무슨 생각이 들었던지 낄낄대며 중얼거렸다.

"잘됐다! 이왕 이렇게 여기까지 온 거 여기서 이 늙은이나 만나

봐야겠다. 그럼 이 늙은이가 내 증인이 되어 줄 테고, 연회를 망친 범인으로 의심받을 일은 없을 테니까 말이다."

손오공이 곧 옷매무새를 바로잡고 안으로 들어갔으나 사람은 아무도 없었다. 이때 태상노군은 어떤 부처와 함께 연등고불燃燈古佛과 삼층 누각의 붉은 능대陵臺 위에 앉아서 도술에 대한 담론을 하고 있었고, 그 주변으로는 선동과 선관들이 시립하여 두 사람의 담론을 경청하고 있었다. 술에 취한 손오공은 주인의 허락도 받지 아니하고 태상노군이 금단을 만드는 상서로운 방을 자기 멋대로 들어가 보았다.

방안에는 금단을 만드는 귀한 화로가 있었는데 그 옆으로는 다섯 개의 호로병이 놓여 있었고 그 호로병마다 이미 구워 놓은 보배 금단들이 가득 담겨져 있었다.

신선들에게 있어 무엇보다 귀하다는 금단을 발견한 손오공은 크게 기쁜 나머지 병 속의 금단을 땅바닥에 쏟아 놓고 볶은 콩 주워 먹듯 마구 주워 먹었다. 그렇게 집히는 대로 먹어대다 보니 어느새 한 알도 남김없이 죄다 먹어 버렸고 그 효과 때문인지 술기운이 싹 가시면서 제정신이 돌아와 버렸다. 덜컥 불안해지는 손오공은 안절부절 하였다.

"야단났다! 야단났어! 내가 왜 이러냐. 생각만 해도 저지른 죄가 너무 크니 이를 어쩐단 말이냐? 이 일을 옥제가 알면 내 목을 비틀 게 틀림없는데……."

불안감 때문에 어쩔 줄 모르던 손오공은 대뜸 정색을 하며 소리 쳤다.

"그래 결심했어! 이럴 때는 내빼는 게 상책이다! 차라리 하계로 돌아가서 왕 노릇이나 해야지."

손오공은 지체 없이 도솔궁을 뛰쳐 나와 몸을 숨기는 은신법隱身法을 부려 서천문을 빠져나가 화과산으로 줄행랑을 쳐 버렸다.

손오공이 구름 위에서 화과산을 내려다보니 아직도 깃발이 나부끼고 창검이 번쩍이고 있었다. 네 건장들이 원숭이 부하들을 데리고 일흔두 곳의 요괴 왕들과 함께 무예를 익히고 있었던 것이다. 손오공은 반가운 마음에 큰 소리로 외쳤다.

"얘들아, 내가 왔다!"

하늘에서 내려오며 소리치는 손오공을 보자, 여러 원숭이들과 요괴 왕들은 크게 기뻐하며 그를 동굴 속으로 모셔가 큰절로 인사를 하였다. 네 건장들이 물었다.

"대성님, 대성님께서는 백십 년간 무슨 관직을 하셨습니까? 원하시던 대로 제천대성 벼슬자릴 받으셨습니까?"

"하하하……. 백십 년이라니? 내가 있었던 것은 고작 반년쯤이었는데."

"천계의 하루는 하계의 일년입니다."

그런 것도 몰랐던 손오공은 고개를 끄덕이더니 하늘에 올라가 제천대성이 되었고 반도 연회를 망쳐 놓은 일까지 상세히 들려 주었다. 손오공의 이야기를 들은 요괴들은 손오공이 제천대성으로 임명된 것과 죄를 짓고 다시 돌아온 것을 축하하며 향기 좋은 술과 빛깔 고운 과일들을 가득 차려 대령하였다. 한 잔 가득 따른 야자술을 올리자 기쁘게 잔을 받아 한 모금 마시던 손오공은 오만가지 인상을 찌푸리며 퉤퉤 뱉더니 버럭 소리쳤다.

"에이, 맛없다. 맛없어! 이따위 걸 먹으라고 주느냐?"

원숭이들이 물었다.

"대성님께서는 하늘에 계실 때 신선주를 드셨지요?"

"그랬지."

원숭이들은 섭섭한 듯 뾰루퉁한 표정을 지어 보이며 말하였다.

"그러시니 이 야자술이 구미에 맞으실 리가 없는 것이지요. 예로부터 '맛이 있건 없건 간에 고향의 물이다.'라는 말이 있습니다요."

손오공은 흔쾌히 고개를 끄덕이며 말하였다.

"그래 맞다! '친하건 친하지 않건 간에 고향 사람들이다.'라는 말도 있지. 내 오늘 아침에 보니까 요지의 골마루에 술독이 아주 많았는데 독마다 좋은 술이 차고 넘치더라. 내 올라가서 몇 독을 훔쳐다가 너희들에게도 맛보도록 해 주마. 그러면 너희들도 장생불사할 수 있을 거야."

그 말을 들은 네 건장들과 부하 원숭이들, 그리고 동굴에 모인 모든 요괴들은 기쁨에 겨워 만세를 불렀다. 비록 무지막지하고 난폭한 손오공이었지만 자신을 따르는 부하들에 대한 책임과 의리 하나는 차고 넘치는 사나이였던 터라 자신의 부하들에게도 신선주를 먹이겠다는 생각으로 은신법을 써서 순식간에 하늘의 요지로 찾아갔다. 요지에 이른 손오공이 즉시 안으로 들어가 보니 자신이 잠을 재웠던 일꾼들이 아직도 코를 골며 잠을 자고 있었다. 손오공은 조심조심 걸어가 여러 술독들 중에 커다란 술독을 골라 한쪽 겨드랑이에 하나씩 끼워 들고 한 손에 독 하나씩을 더 들어서는 구름을 잡아타고 수렴동으로 돌아왔다. 그리고는 부하들에게 '신선술놀이'를 하자며 신나게 잔치를 벌여 즐겁게 놀았는데 몇 잔씩 술을 맛본 손씨 일가 원숭이들은 기가 막힐 정도로 좋은 술 맛에 입이 함박만해졌다.

반도원. 손오공의 법술에 걸려 요지부동搖之不動이던 일곱 선녀는 꼬박 하루가 지나서야 풀려나올 수가 있었다. 서왕모에게 혼이 나게 될 것을 걱정하던 일곱 선녀는 저마다 꽃바구니를 챙겨 들고 급히 달려와 서왕모 앞에 꿇어 엎드린 채 울먹이는 목소리로 아뢰었다.

"제천대성이 법술을 부려 저희들을 꼼짝 못하게 해 놓는 바람에 이렇게 늦어졌나이다."

"그래, 복숭아는 얼마나 땄느냐?"

"아뢰옵기 황송하오나 작은 것은 두 바구니, 중간 것은 세 바구니 땄사온데 제일 큰 것은 하나도 따지 못했나이다. 틀림없이 제천대성이 훔쳐 먹은 거지요."

이 말에 서왕모는 크게 분개하여 곧장 옥황상제를 찾아뵙고 이 모든 사실을 고하였다.

"폐하, 제가 폐하와 함께 여러 신들을 초청해 반도대회를 열고자 하여 반도원의 복숭아를 따러 일곱 선녀를 보냈사온데 누군가가 복숭아를 모조리 따먹어 대회를 열 수 없게 되었나이다."

옥황상제는 두 눈을 휘둥그렇게 뜨며 물었다.

"어떤 놈이 신성한 반도원에 들어가 함부로 복숭아에 손을 대었단 말이오?"

그렇게 놀라고 있으려니, 이번에는 요지에서 일하던 일꾼들이 허

겁지겁 달려 들어와 백짓장처럼 하얗게 질린 얼굴로 옥황상제께 상
주하였다.

"폐하, 큰일 났사옵니다! 어느 놈인지 모르겠사오나 저희가 마련
해 놓은 좋은 술과 음식들을 죄다 도적질해 먹어 반도연회를 망쳐
놓았나이다."

"아, 아니, 도대체 어떤 놈이 그런 짓을! 당장 대신들을 소집하여
그 도적놈을 잡아들여 엄히 죄를 물어야 하겠다."

명이 끝나기 무섭게 영소전 밖에 있던 장천사가 다급히 뛰어 들
어와 보고하였다.

"폐하, 태상노군께서 급한 용무를 들고 찾아오셨습니다."

"태상노군께서 어쩐 일로?"

옥황상제는 서둘러 문 밖으로 나가 예를 갖추자, 태상노군도 예
를 갖추어 인사를 드리더니 황급히 아뢰었다.

"폐하, 빈도가 구전금단九轉金丹을 만들어 놓고 폐하를 모셔다 단
원대회丹元大會를 가지고자 하였는데 어떤 도적놈이 와서 금단을
죄다 가지고 갔사옵니다."

"어떤 정신 나간 놈이 감히 그런 짓을?"

옥황상제가 쩍 벌어진 입을 다물지 못하자 곁에 있던 서왕모가
말하였다.

"폐하, 더 큰 피해가 생기기 전에 서둘러 명을 내려 그 도적을 잡

아들이소서."

"옳은 말씀이오!"

옥황상제가 서둘러 안으로 들어가려는데 반도원 방향에서 제천부의 심부름꾼이 헐레벌떡 달려와 땅바닥에 머리를 조아리며 아뢰었다.

"폐하, 손대성이 어제 놀러 나가서는 아직도 돌아오지를 않았사오며 그 행방도 알지 못하겠사옵니다."

그 말을 듣자 서왕모는 대충 범인의 윤곽이 잡히는 듯하여 옥황상제에게 상주하였다.

"폐하, 아무래도 범인은 제천대성이 아닌가 싶사오니 서둘러 그를 잡아들이시옵소서."

"그가 그렇게 놀러 다니는 일이 어제 오늘 일도 아닌데 그것만 가지고 쉽게 단정할 수 있겠소?"

그러자 태상노군이 말하였다.

"제천대성을 찾아 불러 들여 보십시오. 그가 부름을 받지 않으려고 한다면 틀림없는 도둑이고, 이런 사실들을 모르고 부름을 받들면 의심을 벗을 수 있을 것이 아니옵니까?"

"옳으신 말씀입니다. 그럼 급히 사람을 풀어 제천대성을 찾아 보아야겠습니다."

이렇게 결론을 내리고 네 천사를 불러 명령을 내리려는데, 이번엔 통명전으로부터 맨발도사 적각대선이 황망히 날아오며 외쳤다.

"폐하, 저에게 무슨 짓이옵니까?"

"적각대선께선 그게 무슨 말씀이시오?"

"어제 소신이 반도연회에 참석하러 오는 도중 제천대성을 만났사온데 그가 폐하의 어명이라고 하면서 소신에게 통명전에 가서 예식에 참석하라고 하더이다. 그 말을 듣고 통명전으로 가 보았사오나 저만 덩그러니 있을 뿐 아무도 없었습니다. 기다리다가 배도 고프고 지쳐서 이렇게 찾아왔나이다."

옥황상제는 기겁을 하며 외쳤다.

"원숭이가 미쳤구나! 이제 내 이름을 빌어 거짓 성지까지 꾸며대다니 갈 때까지 간 놈이로다!"

범인이 손오공임은 백일하에 드러났고, 옥황상제는 불같이 노하여 급히 신하들에게 일렀다.

"한시가 급하니 감찰관에게 알려서 그놈의 행적을 알아오도록 하라!"

감찰관은 즉시 궁전을 나가 하늘 곳곳을 돌아다니며 손오공의 행적을 샅샅이 조사하였다. 그리고 수집된 사정을 보고하기 위해 급히 영소보전으로 돌아와 옥황상제에게 복명을 하였다.

"폐하, 명령을 받잡고 조사한 바로는 천궁을 이토록 소란케 한 놈은 바로 제천대성인 줄로 아뢰옵니다."

　사실 확인이 끝나자 옥황상제는 참았던 노기가 충천하여 즉시 탁탑천왕과 나타태자를 파견하고 사대천왕에겐 협력하게 하면서 이십팔수, 구요성관, 십이원신, 오방게체, 사치공조, 동서의 성두, 남북의 두 신, 오악과 사독, 하늘의 여러 별 신을 포함하여 하늘의 십만 천병을 소집한 후 손오공을 잡아오라 명하였다. 옥황상제의 지엄한 명을 받고 나온 총대장 탁탑천왕은 그간 손오공에게 맺혔던 원한을 풀고자 십만 천병을 점검한 후 하늘이 무너져 내릴 듯 함성을 울리며 요망 난 신선 손오공을 토벌하기 위해 화과산으로 진격하였다.

　한편, 하계의 인간세상에서 이를 지켜보는 것은 실로 엄청난 것이었다. 남쪽의 맑던 하늘에서 일어난 거대한 구름은 순식간에 해를 떨어뜨려 새까맣게 어두움을 드리우고 구름 위의 십만 천병이 두들기고 불어대는 북소리와 나팔소리에 맞춰 꺼져 내릴 듯 내려치는 천둥번개와 거대한 광풍은 산을 부수고 바다를 뒤집었다. 이를 보고 놀란 대지도 온몸을 떨며 들썩이자 높은 산이 주저앉고 낮은 땅이 치솟으며 종잇장처럼 갈가리 찢겨 나갔다.

　"하늘이 심판하러 내려오시니, 세상은 망하는 판이구나!"

　저마다 울고 부르짖으며 통곡하는 하계세상의 불쌍한 생명들은 그 몸 둘 곳 없어 가련하기 짝이 없으니, 이 모든 재앙은 손씨 일가의 손오공이 하늘에 올라가 악명을 떨친 결과였다. 이렇듯 천지를

뒤흔드는 무서운 위용을 드러내며 화과산으로 진격해 온 십만 천병
들은 화과산 주변을 둥글게 포위하여 열여덟 겹의 천라지망天羅地
網으로 물샐틈없이 에워쌌다.

탁탑천왕은 먼저 아홉 별 구요성관을 불러 손오공과 싸울 것을 명령하니, 구요성관은 즉시 오백 명의 천병들을 이끌고 화과산 굴 문 밖까지 쳐들어갔다. 동굴 문을 지키고 있던 원숭이들과 요괴들은 겁에 질려 오들오들 떨고 있으니 아홉 별 중 태양 일요日曜가 나서서 호통을 쳤다.

"너희들 대성에게 빨리 나와 순순히 죄를 받으라고 일러라! 만에 듣지 않는다면 모든 십만 천병들이 너희들 동굴로 쳐들어가서 대성을 포함한 너희 모두를 도륙 내고 말 것이다!"

구요성관의 호통을 듣자 두려움에 떨던 원숭이들은 다급하게 안으로 달려 들어가 소리쳤다.

"무서운 일이다, 무서운 일이 벌어졌다!"

높은 상좌에 비스듬히 누운 채 일흔두 마왕과 네 건장들, 그리고 부하들과 함께 술을 마시며 놀고 있던 손오공이 물었다.

"뭐냐? 무슨 무서운 일이 일어났기에 그렇게도 호들갑을 떠느냐?"

"지금 십만이나 되는 하늘 군사들이 내려와 화과산을 에워싸고 대성님께서 순순히 항복하지 않으면 당장에 쳐들어와 우리 손씨 일가를 모두 도륙 내겠답니다!"

"이거 정말 무서운 일인데요."

이마에 외뿔이 달린 독각귀왕이 말하자 손오공은 대수롭지 않은 듯 술잔을 들어 올리며 말하였다.

"오늘 아침엔 오늘의 취할 술이 있으니 문 밖의 시시비비는 상관치 말자꾸나."

뒤이어 헐레벌떡 한 무리의 부하들이 달려와 다급한 목소리로 알렸다.

"대성님, 이번에는 문 앞에서 요망 난 원숭이니 돌대가리 원숭이니 하는 등 별의별 욕을 다 퍼부으며 싸움을 걸어 오고 있습니다.”

손오공은 피식 한번 웃고서 잣을 한 줌 주어 입에 털어 넣었다. 그리고는 팔베개를 하고 다리를 꼰 채 자리에 누우며 말하였다.

“시와 술로 잠시나마 오늘의 즐거움을 꾀하려니 공명을 언제 이룰 것인가는 묻지를 마라. 그러니 신경 쓰지 말라.”

손오공이 말을 끝내고는 잠을 자려는 듯 조용히 눈을 감는데 또 한 무리의 졸개들이 꽥꽥 소리를 질러대며 달려 들어와 알렸다.

“대성님, 큰일 났습니다! 저 놈들이 굴 문을 때려 부수고 쳐들어 옵니다!”

굴 문을 부수고 쳐들어온다는 소리를 듣자 벌떡 일어난 손오공이 성난 목소리로 소리쳤다.

“죽일 놈의 잡신들 같으니라고 귀찮다는데 왜 자꾸 찾아와서 이 성화야!”

손오공은 즉각 전부총독선봉 독각귀왕에게 명령하여 일흔두 마왕들을 거느리고 나가 쳐들어오는 하늘 군사들을 상대하게 하였다. 명령을 받은 독각귀왕은 일흔두 마왕과 요괴 병사들을 이끌고 동굴 입구로 달려 나갔다. 구요성관 일요는 자신들을 막아서는 요괴들을 보자 크게 호통을 쳤다.

“이 몹쓸 마귀들아, 목숨이 귀한 줄 안다면 썩 돌아가 손오공을 데려오너라!”

"닥쳐라! 네까짓 놈이 어디라고 감히 제천대성님을 잡아들이겠다는 것이냐!"

그렇게 외치고는 부하 요귀들을 돌아보며 명령하였다.

"우리에겐 제천대성님이 있으니 겁낼 것 없다. 자, 모두 공격하여 공을 세우자!"

용기 오른 요괴 병사들이 일제히 함성을 터트리며 사납게 덤벼들자 대노한 구요성관도 천군들을 향해 소리쳐 명령하였다.

"요망 난 원숭이를 닮아서 마귀들도 모두 미쳐 버렸구나! 용감한 병사들아, 한 마리도 남김없이 모조리 죽여 없애라!"

구요성관의 명령이 떨어지자 오백 천병들도 무서운 기세로 함성을 지르고 창검을 휘둘러대며 달려 나갔다. 일순간에 철교 위에선 수많은 불꽃이 튀며 하늘 군사들과 땅의 요괴들이 한데 뒤섞여 서로 찌르고, 자르고, 베며 싸우기를 여러 합에 이르렀으나 생사를 다투는 양군의 싸움은 좀처럼 끝날 기미를 보이지 않았다.

이렇게 싸움의 시간이 길어질수록 수렴동굴 안은 그야말로 아비규환의 생지옥과 다를 바가 없었으니, 팔이 잘린 요괴는 떨어진 팔 들고 울고 있고, 허리가 끊긴 천병은 원통한 듯 우유 빛을 쏟아 내며 흩어졌으며, 가슴을 베인 요괴는 심장이 쏟아질까 틀어막고 악을 쓰는가 하면, 머리가 떨어진 천병은 원기를 뿜어 내며 머리를 찾는다고 돌아다녔다. 이렇듯 처참하게 울부짖는 비명소리와 시체들의 피비린내는 수렴동을 가득 진동시켰고, 철교 밑 냇물마저 붉은 피로 물들였다. 이렇듯 처절한 싸움의 전세는 정의를 믿고 충의를 앞세운 천군의 기세 앞에 속수무책! 죽고 죽이는 처참한 싸움 속에 어느덧 철교까지 내어주고 말았다. 사기가 오른 구요성관은 천군들을 독려하기 위해 소리쳤다.

"이제 싸움의 승패는 불을 보듯 뻔한 일. 이대로 들이쳐서 요망난 원숭이를 굴복시켜 천하에 그 이름을 길이 빛내도록 하라!"

용기백배 수렴동이 무너질 듯 질러대는 천군들의 함성소리에 고전을 면치 못하던 독각귀왕과 일흔두 마왕은 밀려 오는 두려움에 어쩔 줄을 모르고 있었다. 순간! 동굴 안에서 쏜살같이 튀어나온 손오공이 좌충우돌 여의봉을 휘둘러대자 용맹한 아홉 성관들도 굽힘없이 덤벼들었다. 그러나 한 마리 굶주린 호랑이가 양떼 속을 휘젓듯 좌지우지 여의봉을 휘두르며 돌진하는 손오공의 용맹하고 사나운 기운 앞에 눌려 한순간 뒤로 물러났다. 진세를 다시 가다듬은 구요성관이 병사들로 하여금 활을 쏘라 명하니, 병사들은 강궁경노強弓硬弩 위에 조령전鵰翎箭을 얹어 손오공을 겨누고 줄기차게 쏘아대기 시작하였다.

"핑핑핑" "쏴쏴쏴"

소나기가 퍼붓듯 날아드는 화살은 스쳐도 살점이 떨어져 나갈 판이었다. 위협을 느낀 손오공은 다급하게 여의봉을 우측 철교 밑으로

내렸다가 반대방향으로 휘둘렀다. 순간, 철교 밑의 물이 출렁하면서 순식간에 천길 높이 큰 파도를 이루는가 싶더니 퍼붓는 화살은 물론이요, 활을 쏘는 천병들마저 집어삼켜 땅바닥으로 내동댕이쳐 버렸다. 그 바람에 많은 천병들이 원기를 잃고 육신이 흩어져 버렸는가 하면 구요성관들도 땅바닥에 곤두박질치면서 크게 다쳤다. 전의를 상실한 구요성관은 병장기를 질질 끌며 달아나는 수밖에 없었다.

구요성관이 패하고 돌아왔으나 이미 손오공의 실력을 알고 있던 탁탑천왕은 크게 질책하려 들지 않았다. 그가 다시 사대천왕과 이십팔수를 불러 군사들로 하여금 일제히 쳐들어갈 것을 논의하자 사대천왕과 이십팔수는 그 의견에 따르기로 하였다. 탁탑천왕이 즉시 군대를 편성하여 동쪽의 지국천왕持國天王, 남쪽의 증장천왕增長天王, 서쪽의 광목천왕廣目天王, 북쪽의 다문천왕多聞天王으로 이루어진 사대천왕이 총대장이 되어 북방현무北方玄武에 속한 두斗, 우牛, 여女, 허虛, 위危, 실室, 벽壁 신들을 선두로 앞세우고, 동방청룡東方青龍에 속한 각角, 항亢, 저氐, 방房, 심心, 미尾, 기箕 신들을 좌군으로, 서방백호西方白虎에 속하는 규奎, 루婁, 위胃, 묘昴, 필畢, 자觜, 삼參 신들을 우군으로 삼고, 남방주작南方朱雀에 속하는 정井, 귀鬼, 유柳, 성星, 장張, 익翼, 진軫 신들을 후군으로 삼게 하여 일시에 짓쳐 내려갔다.

한편, 구요성관을 깨부순 손오공은 승리에 도취된 나머지 겁도 없이 부하들을 이끌고 굴 밖까지 나와 십만 군을 상대로 진을 펼쳤다. 그런 손오공은 차양을 맺어 화과산을 둘러싸고 있는 천병들의 동태를 살폈는데, 순간! 하늘에 있는 천병들의 금빛 투구가 번쩍거리는가 싶더니 잠시후 엄청난 수의 하늘 군사들이 화과산을 향해 공격해 오는 것이었다. 그 정연整然한 모습은 마치 망망대해에서 밀려드는 거대한 금빛 파도 같았다. 이런 거센 기세로 화과산을 쓸어버리고자 십만 천병이 밀려 내려오니 오만 원숭이들과 요괴 정령들은 창검을 치켜세우며 고래고래 악을 질러댔다. 이에 사대천왕이 명령하였다.

"요사스런 마귀들을 한 놈도 남김없이 모두 주살하라!"

명령이 떨어지자 이십팔수의 지휘 아래 하늘 군사들은 일제히 달려들어 공격을 시작하였다. 하지만 백절불굴의 용맹스런 기상을 지닌 손오공이 꺾일 리가 있겠는가? 그는 픽 코웃음을 치며 소리쳤다.

"십만이든 백만이든 저런 잡병들이 무엇이 두렵겠느냐! 자, 어서들 오너라!"

그렇게 한마디 던진 그는 즉시 여의봉을 꼬나 잡고 훌쩍 구름 위로 뛰어오르더니 만경창파 같이 밀려드는 십만 천병 속을 향해 질풍노도로 내달렸다. 이를 보고 용기를 얻은 원숭이들과 일흔두 군데 동굴의 요귀들도 태산이 무너질 듯한 함성을 질러대었다.

“휙휙” “번쩍! 번쩍!”

하늘을 찢고 땅을 가를 듯 휘두르는 원숭이들의 창칼 소리와 태산을 꿰뚫고 바다를 엎을 듯한 천병들의 우레 같은 화살 소리는 놀란 오래국 왕과 백성들을 도망치게 만들었고, 세상이 찢어질 듯 질러대는 함성과 비명 소리가 사대부주 하늘을 뒤덮으며 남해 부처와 동해 부처마저 놀래켰으니, 격렬한 양군의 싸움은 반나절이 넘도록 그칠 줄을 몰랐다. 요괴들과 원숭이들이 흘린 피는 산을 타고 흘러 골짜기를 만들었고, 천병들이 쏟아 내는 피는 맑은 백색 빛 안개가 되어 산지사방 바람 속에 흩어져 갔다. 쌍방의 난전은 아침부터 저녁까지 이어졌으니, 그 사이 독각귀왕을 비롯한 일흔두 곳의 마왕들은 천병에게 사로잡혀 버렸고 손씨 일가만이 네 건장들을 따라 수렴동으로 도망쳐 와서 간신히 목숨을 부지할 수 있었다. 손오공은 사대천왕과 이십팔수, 그리고 탁탑천왕과 나타태자까지 맞아 고군분투하였으나 적군이 줄어들기는커녕 점점 불어나는 것이었다. 이상히 여긴 손오공이 주위를 살펴보았다.

자신의 부하들은 이미 패퇴하여 어디론지 달아났고 그 천병들이 자신을 향해 공격해 오는 것을 알게 된 손오공은 사태가 점차 불리하게 돌아가는 것을 느끼고 재깍 머리털 한 줌을 뽑아 신통력을 불어 넣어 금세 수천 마리의 꼬마 손오공을 만들었다. 그 꼬마들이 각기 여의봉을 치켜들기 무섭게 탁탑천왕, 사대천왕, 나타태자, 이십팔수를 덮어 싸고는 죽기 살기로 두들겨 때리기 시작하였다. 이리 저리 쏜살같이 움직이며 휘두르는 일만 삼천오백 근의 무게에 굵기 또한 밥그릇 주둥이만한 쇠몽둥이 수천 개가 날아들자 제 아무리 용감무쌍한 하늘 신장이라도 수천 개 중 잘 막아야 수십 개요, 나머 지는 전신으로 받아내야만 했다. 살갗은 터져서 벗겨지고 뼈마저도 똑각똑각 분질러질 판이라 결국 꾸엑꾸엑 비명을 질러대며 산지사 방으로 달아나 버렸다. 수장들이 달아나는 데야 병사들이 어쩌겠는 가? 그들 역시 똥줄 빠지게 달아나는 수밖에!

싸움에 이긴 손오공이 뿌렸던 털들을 모두 거두어 동굴로 개선하 자 미리 도망와 몸을 숨겼던 네 건장들이 부하들을 거느리고 나가 맞이하였다. 그들은 으쓱대며 들어오는 임금을 보자 꿇어앉아 목 놓고 통곡하는가 싶더니 이번에는 깔깔깔 목젖까지 보이며 웃어대 는 것이었다. 이상히 생각한 손오공이 물었다.

"제정신이냐? 어째서 나를 보고 울다가 웃다가 하느냐?"

네 건장들이 대답하였다.

"다쳐서 그런 것이 아니옵니다. 저희가 울었던 것은 지금까지 함 께 지냈던 일흔두 마왕들과 독각귀왕이 오늘 싸움으로 인해 모조리 사로잡혀 끌려간 것이 안타까워서 울었던 것이고 뒤이어 웃었던 것은 대성님께서 싸움에 이기시고도 몸에 상처 하나 입지 않으신 채 무사히 돌아오신 모습을 뵈오니 그것이 너무 기뻐서 웃었던 것입니다."

손오공은 내막을 알고 나자 고개를 끄덕였다.

"그래, 나로서도 안타까운 일이 아닐 수 없다. 옛말에 이르기를 '적 만 명을 죽이려면 아군 삼천 명을 잃어야 한다.' 하는 말이 있다. 어쩔 수 없는 일이지. 그나마 다행으로 여겨야 하는 것은 사로잡혀 간 녀석들이 한낱 호랑이나 표범, 구렁이나 노루, 그리고 오소리나 파충류 따위의 요정들이고, 우리네 손씨 일가는 하나도 다치지 않았다는 것이다. 그러니 크게 근심하지 말라. 그보다도 오늘 저 놈들이 내게 패하여 달아났지만 아직도 화과산 밑은 천라지망으로 포진하고 있으니 그것이 큰 문제다. 오늘 밤에는 우리들도 방비를 단단히 하고 밥도 배불리 먹어 두고 마음 편히 잠을 자 기력을 회복하여 다음 싸움에 대비하도록 하자. 날이 밝는 대로 내가 엄청난 신통력을 써서 그놈의 하늘 장수들을 붙잡아 원수를 갚도록 하겠다."

손오공의 믿음직스러운 말에 네 건장들과 원숭이들은 그 즉시 동굴 문을 굳게 닫고 다음날의 싸움을 대비하여 야자술 몇 사발과 신선한 과일을 배불리 먹은 다음 춤추고 장난하다 잠들었다.

한편, 남쪽 바다에 있는 보타락가산普陀落伽山에 거처를 두고 있는 관세음보살觀世音菩薩은 서왕모의 초청을 받고 제자인 혜안행자惠岸行者를 앞세워 연회장에 도착했다. 그런데 어찌된 일인지 요지안은 넘어진 식탁과 걸상들이 어지럽게 널려 있어 여간 스산하지 않았다. 관세음보살은 이미 도착해 있던 다른 신선들과 함께 영소전으로 찾아가 옥황상제를 뵈었다. 이들을 보자 옥황상제는 긴 한숨을 내쉬며 넋두리를 하였다.

"크게 흥성했어야 할 연회가 못된 원숭이 하나 때문에 난장판이 되고 말았습니다. 이미 십만 천병을 내려보내긴 했으나 싸움의 승패가 어떻게 되었는지 아직 모르고 있소이다."

옥황상제의 근심스러운 안색을 살핀 관음보살이 차분히 행자에게 분부를 내렸다.

"이 길로 화과산에 내려가 싸움이 어떻게 되고 있는지 상황을 살펴보고 오도록 해라. 형편을 보아서 적수가 되어 보이거든 이쪽 힘을 거들어 주어 공을 세워 보는 것도 좋겠지만, 반드시 확실한 정황을 알아 가지고 돌아오는 것이 무엇보다 중요하다."

행자는 분부를 받자 철곤鐵棍을 빗겨 잡고 구름을 일으키더니 순식간에 천궁을 떠나 화과산에 도착하였다. 행자가 도착하여 보니 화과산 주변은 금빛 병장기로 무장한 천병들이 열여덟 겹의 천라지망을 펼치고 있었고 영채마다 방울소리에 암호와 같은 영문을 만들어 외우는 소리가 곳곳에 울리며 물샐틈없는 방비를 하고 있었다. 천라지망으로 인해 안으로 들어갈 수 없는 행자는 걸음을 멈추고 병사들에게 소리쳐 말했다.

"영문을 외우는 천병들이여, 수고스럽겠으나 가서 보고해 주시

게! 나는 탁탑천왕의 둘째 태자 목차木叉이자 남해 관음보살님의 수
제자인 혜안이오. 군영의 정황을 살피러 왔다고 전해 주시게."

행자가 말하는 곳에서 영채를 지키던 오악五嶽의 신병들이 즉시
영채로 달려들어가 통보하였고 보고를 들은 허일서虛日鼠, 묘일계
卯日鷄, 성일마星日馬, 방일토房日兎 등은 즉시 지휘부로 달려가 탁
탑천왕에게 이 사실을 전달하였다.

아들 목차가 왔다는 보고를 들은 탁탑천왕은 천라지망을 열고 들
어올 수 있도록 명령이 적힌 깃발을 허일서에게 주어 목차를 데려
오게 하였다. 목차는 아버지 탁탑천왕을 만나자 관음보살의 분부를
받고 온 사실을 모두 이야기하였다. 그때, 지휘부 밖이 술렁대더니
장수 하나가 헐레벌떡 달려 들어와선 원숭이 군대가 쳐들어온다며
소란을 떨어댔다. 깜짝 놀란 탁탑천왕과 사대천왕은 긴급히 대책을
논의하기 시작하였는데 결론은 짐을 꾸려서 달아나자는 것이었다.
지켜보던 목차가 한심스러워 한숨을 내뱉으며 말하였다.

"아니, 고심 끝에 내린 결정이 기껏 도망가는 겁니까?"

모두들 머쓱한 웃음을 지어 보이며 대답하였다.

"이놈의 원숭이가 보통 무서워야 말이지……."

"그럼 제가 나가 그 요망 난 원숭이와 싸워 보겠습니다."

탁탑천왕이 타이르듯 말하였다.

"네 실력은 내가 잘 안다만 그 원숭이는 만만한 원숭이가 아니야.

괜히 나가 싸우다가 큰일 당하지 말고 대피해서 다른 방안을 강구하는 게 낫단다."

목차는 즉시 고개를 젓더니 자신 있게 말하였다.

"크게 걱정하실 것 없습니다. 제가 싸워 보다가 이길 수 있으면 재깍 사로잡을 것이고 그렇지 못하면 실력만 염탐해 보고 곧바로 도망쳐 오겠습니다."

탁탑천왕과 사대천왕이 기뻐하며 즉시 출전을 허락하였고 목차는 혼철곤渾鐵棍을 휘두르며 바람같이 전장으로 날아갔다. 혼철곤을 휘두르며 기세 좋게 싸움터로 달려 나온 목차가 바라보니, 넓은 바다 만큼 엄청나게 큰 구름 위에 서슬 퍼런 창칼로 무장한 원숭이들이 가득 타고 있었는데 그들은 북을 두드리고 징을 치며 요란한 함성을 질러대고 있었다. 목차는 큰 소리로 외쳤다.

"나는 탁탑천왕의 둘째 태자 목차요, 관세음보살님의 수제자로 법명은 혜안이며, 그분의 교의敎義를 수호하는 사람이다. 어떤 놈이 필마온 손오공인데 세상을 이다지도 안하무인으로 어지럽히느냐? 어디 그 미친 원숭이 상판이나 좀 보자꾸나."

"뭣이라? 미친 원숭이! 수행이고 나발이고 너는 오늘 내 손에 죽었다!"

발끈한 손오공이 여의봉을 곧추세우기 무섭게 쏜살같이 내달려 행자의 얼굴을 할퀴듯 내리쳤다. 깜짝 놀란 혜안이 혼철곤을 들어

팅겨 내니, 드디어 신명나는 싸움이 한판 벌어졌다. 한쪽은 법을 수
호하려는 성스러운 중이라면 한쪽은 그것을 파괴하려는 개망나니
라. 악독한 마음 머금고 흉악한 기운을 뿜어대며 음수곤陰手棍으로
공격하니 반대쪽은 질풍같이 빈틈 찾아 협창봉夾槍棒으로 응수한
다. 빙글빙글 몸을 돌려 손오공의 왼편을 치면, 쓰러지듯 혜안의 오
른편을 찌르고 몸을 솟구쳐 중의 머리 내려치면 몸을 팅겨 원숭이
의 심장을 내찔렀다.

수만 가지의 변화무쌍한 실력은 가히 호적수好敵手! 지켜보는 천
군 병사들은 북 치고 나팔 불며 목청 터져라 응원하고 원숭이 군대
뒤질세라 망측한 춤을 추며 애를 태워댄다. 태을산선太乙散仙 제천대
성 손오공과 관세음보살의 맏 제자로 정통을 이어받은 혜안이 만나
싸우기를 육십 합!

수천 번의 담금질로 만들어 법력 높은 몽둥이 혼철곤이라지만 일
만 근의 육중한 여의봉을 감당하기에는 목차의 체력이 따르지를 못
하였다. 결국 팔뚝이 저려 오고 어깨뼈 마디마디가 시큰거려 더 이
상은 싸울 수 없게 된 혜안이 눈치를 보다가 슬쩍 본진으로 도망쳐
버리자 손오공도 하는 수 없이 원숭이 군대를 이끌고 수렴동 문 앞
까지 되돌아왔다.

반면, 손오공에게 패하여 헐레벌떡 본진으로 도망쳐온 혜안은 헉
헉대며 탁탑천왕에게 이렇게 아뢰었다.

"아버님 말씀대로 무서운 원숭이였습니다. 신통력이 대단해요. 대단해! 소자가 아무리 용을 써도 도저히 이기지 못해 할 수 없이 도 망 오고 말았습니다."

내심 신통력이 높아 은근히 기대를 걸었던 목차마저 손오공에 대해 이처럼 혀를 내두르자 탁탑천왕과 사대천왕들도 크게 낙담하였다. 그나저나 장차 앞으로의 일이 큰일이었으니, 역심 품은 망령된 손씨 일가를 토벌하겠다며 나선 십만 천병들! 하지만 어느 한 사람 능히 그를 대적 못하니 장차 이일을 어쩌면 좋단 말인가?

하늘이 앞으로 어떤 대책을 내놓을지 아직은 알 수 없으니 이에 대해서는 하회를 보라.

위기에 처한 제천대성

믿었던 혜안마저 손오공에게 패하고 돌아왔다. 탁탑천왕과 사대천왕은 급히 옥황상제가 있는 하늘궁전에 원군을 청하기로 마음먹고 직접 표주문을 한 통 써서 대력귀왕大力鬼王으로 불리는 힘장사 귀신왕에게 주어 혜안과 함께 천계로 올려 보냈다. 상주문을 훑어본 옥황상제는 기가 막힌 나머지 그만 너털웃음을 터트리고 말았다.

"허허, 참으로 대단한 원숭이로다. 십만 천군을 상대하면서도 전혀 위축됨이 없으니, 어지간한 재주를 지닌 것은 아닌 모양이로구나. 하지만 이렇게 탁탑천왕과 사대천왕이 다시 구원병을 요청하였으니 이번에는 어느 장수를 더 내려 보내야 좋을꼬?"

"폐하께서는 과히 근심하지 마옵소서. 제가 요망한 원숭이를 잡을만한 신선 한 분을 천거해 드리겠나이다."

관세음보살이 위안하며 말하자 낙담하던 옥황상제가 크게 반색을 하며 물었다.

"그 신장이 누구란 말씀이오?"

"그분은 폐하의 생질甥姪이 되시는 현성이랑진군顯聖二郞眞君이옵니다. 지금은 관주灌洲의 관강구灌江口에서 하방 세계의 향화香火를 누리고 있사온데 그분은 지난날에는 힘써 여섯 요괴를 잡아 없앤 일도 있다 합니다. 매산梅山의 여섯 형제를 의형제로 삼고 날쌘 초두신草頭神 천이백 명을 휘하에 거느리고 있는 그분의 신통력이야말로 대단하십니다. 그러나 그를 데려오는 데 있어 한 가지 유념하셔야 할 것은 그분은 오직 출전 명령에만 응하고 소환령召還令은 따르지 않사오니 폐하께서 그분을 부르실 때 군사를 보내어 협력하라는 칙지를 내리십시오. 그러면 그 요망한 원숭이를 즉각 사로잡아 꿇릴 수 있을 것이옵니다."

그 말을 옳게 여긴 옥황상제는 즉시 출병하라는 칙지를 적어 힘장사 귀신왕에게 주더니 관강구로 보내 이랑진군에게 전하였다. 옥황상제의 칙지를 받아 든 이랑진군은 곧 매산 육 형제인 강씨康氏, 장씨張氏, 요씨姚氏, 이씨李氏의 네 명의 태위太尉와 곽신郭信, 직건直健의 두 장군을 불러오고 직계의 신병들을 점검한 다음 그들을 거느린 채 자신이 아끼는 매와 개를 대동하여 바람을 일으켰다. 그리고는 그 위에 모든 장수들과 병사들을 올려 태우더니 눈 깜짝할 사이에 화과산에 도착하였다.

사대천왕과 탁탑천왕은 이랑진군이 옥황상제의 칙지를 받아 싸움을 도우러 온다는 보고를 받고 모두 영문 밖에까지 마중을 나가 있다가 그가 도착하자 인사를 하였다. 그들의 인사를 받은 이랑진군은 장부답게 웃으며 장담하였다.

"내 오늘 이곳에 와서 그놈과 둔갑술을 겨루어 보고자 합니다. 그러니 신들께서는 화과산 주변 네 곳의 둘레에만 천라지망을 빼곡히 세우시고 위쪽은 틔워 놓으시오. 대신에 탁탑천왕께 부탁 드리고자 하는 것이 있으니 공중에 올라가셔서 조요경照妖鏡을 비추어 주십시오. 혹시 그놈이 싸움에 져도 달아나지 못하도록 말입니다."

이랑진군의 말에 사대천왕들은 각자 천병들을 나누어 이끌고 화과산 주변으로 가 사면에 줄지어 세웠다. 이랑진군은 직계 군사들에게 개와 매를 맡겨 놓은 후 즉시 구름을 일으키더니 그 위에 매산 육 형제만을 실어 수렴동 입구에 진을 펼치고 있는 손씨 일가 앞으로 날아갔다. 이랑진군이 원숭이 부대의 진세를 보니 창과 방패, 철채찍과 화살 등을 갖추어 반룡진蟠龍陳의 태세를 갖추고 있는 모습이 제법 질서 정연해 보였다. 이랑진군은 입가 가득 웃음을 머금으며 중얼거렸다.

"그냥 요괴나 정령 따위인 줄로만 알았는데 제법인 걸……."

그런데 문득 눈앞에 하늘과 비견되는 큰 대왕이란 의미의 '제천대성'이란 네 글자가 새겨진 깃발이 펄럭거리고 있자, 벌컥 노여움이 치솟아 오른 이랑진군은 대뜸 욕설을 퍼부었다.

"이런 방자한 요괴 놈을 봤나! 제까짓 놈이 무엇이건대 감히 '제천'이란 직함을 일컫느냐? 이 요괴 놈이 하늘에 대해 반역을 도모하는구나!"

육 형제가 이랑에게 재촉하였다.

"큰 형님, 흥분을 가라앉히십시오. 저 요괴들은 말로 해서 알아듣지 못하니 서둘러 명령을 내려 모두 잡아들이도록 하십시다."

이 말을 주위들은 새끼 원숭이 몇 마리가 부리나케 굴 안으로 달려 들어가더니 낮잠 자는 손오공을 깨워 일러바쳤다. 손오공은 곧바로 영문 밖으로 뛰어 나와 바람 위에 서 있는 이랑진군과 매산 육 형제를 살펴보았다. 일곱 신선의 모습이 모두 화려하고 예사롭지 않게 생겼으나 그 중에서도 가운데 서 있는 현성 이랑진군의 모습은 단연 제일이라 할 수 있었으니, 그의 모습이 이러했다.

번쩍이는 황금 빛 전포를 몸에 두른 준수한 체구, 얼굴은 티끌 하나 없이 맑았으며, 두 귀는 어깨까지 늘어졌는데 눈에서는 광채가 번뜩였다. 머리에는 세 개의 산봉우리처럼 볼록하고 봉황의 화려한 날개깃으로 장식한 삼산비봉모三山飛鳳帽를 쓰고 있었고, 웅크린 용의 형상을 수놓은 버선목에 금실 수놓은 신발을 신고 있었으며, 허리에는 팔보八寶로 만든 꽃송이들이 장식된 옥대玉帶를 두르고 있었다. 허리춤에는 초승달 모양의 탄궁彈弓을 차고 있고 손에는 세 갈래로 뻗은 창끝에 양날이 붙어 있는 삼첨양인창三尖兩刃槍을 빗겨 든 그 기백이야 말로 감탄이 절로 흘러나오지 않을 수가 없었다. 손오공은 자신도 모르게 중얼거렸다.

"와! 대단한 인품이로다. 대단한 인품이야……."

이랑진군은 자신을 훑어 보며 중얼거리는 손오공을 보자 욕하는 것으로 오인하여 벼락같이 호통을 쳤다.

"이놈! 어따 대고 욕지거리냐? 가만 보니 네놈이 지엄한 하늘 신들을 욕보인 요망한 원숭이구나?"

"흥! 네놈은 어디서 온 풋내기인데 주제넘게 이곳에 와서 이 어르신께 싸움을 걸어대는 것이냐?"

"나로 말하자면 옥황상제님의 조카요. 칙봉勅封 소혜영현왕昭惠靈顯王 이랑二郞이다. 어명을 받들고 천궁을 모반한 필마온을 잡으러 왔다. 너는 죽는 것이 무서운 줄도 모르고 까분단 말이더냐?"

옥황상제의 생질이자 이랑진군이란 말을 듣자 손오공은 대번에 그가 누군지 알 수 있었다.

"오, 그래? 내 진작부터 들으니 속세가 그리워 하계로 내려간 옥제의 누이동생이 양군楊君이란 놈과 붙어서 사내아이 하나를 내질렀고, 그 일로 화가 난 옥제는 누이동생을 도산에 가두었다 하지? 그런데 그 누이의 아이가 도끼로 도산을 찍어 갈라놓고 제 어미를 구했다는 소문은 일찍이 들었다. 말로만 듣던 그놈이 바로 네놈이었구나! 내 그 일로 네놈을 만나면 욕해 주고 싶었다만 지금 이렇게 만나 보니 원한을 지은 일도 없고, 네놈을 때려 주자니 어린 생명이 가엾다는 생각이 들었다. 그러니 이 손 어른 앞에서 철딱서니 없이 까불지 말고 당장 돌아가 사대천왕이나 불러오너라!"

듣고 있자니 이랑진군은 속에서 불덩이가 치밀어 오르는 것만 같아 버럭 호통을 쳤다.

"이 발칙한 원숭이 녀석, 무례함이 끝이 없구나! 내 단번에 너를 이 창에 꿰어 죽일 것이다!"

말이 끝나기 무섭게 질풍처럼 내달린 이랑진군은 삼첨도를 번쩍 휘둘러 손오공의 목을 내려쳤다. 슬쩍 몸을 돌려 피한 손오공은 이랑진군의 정수리를 노리고 여의봉을 휘두르니 이랑진군은 급히 하늘로 치솟듯 날아올랐다. 놓칠세라 손오공이 쫓아 올라가니 이내 두 신은 반공중을 날아다니며 자유로운 일전을 벌이는데 좌로 치고 우로 막고 앞에서 맞서면 뒤로 돌아 내찔렀다. 번개같이 휘두르는 손오공의 여의봉은 한 마리의 불을 뿜는 비룡 같고 이를 막는 이랑진군의 삼첨도는 춤을 추는 봉황과도 같았으니, 실낱같은 틈을 찾아 결판 지으려 해도 보이지 않고, 한 번 실수는 곧장 목숨이 끝장날 판이어서 손놀림도 조심할 수밖에 없었다.

하늘과 세상을 우습게 여기는 손오공이 요괴들의 대왕이라면 이를 무력으로 굴복시켜 온 이랑진군은 세상과 하늘 신들의 영웅이었다. 으르렁거리며 사납게 싸워대는 두 영웅들의 싸움을 지켜보며 매산 육 형제는 이랑진군에게 위풍을 더해 주고 저편 진영의 마, 유, 붕, 파 네 건장은 군령을 전달하느라 정신이 없었다. 세상을 뒤엎을 듯 흔들어대는 양군의 깃발은 거대한 광풍도 무색하게 했고 하늘이 떠나갈 듯 질러대는 우렁찬 함성과 북소리는 천지를 진동시키고도 남았다.

두 신의 싸움은 벌써 이백 합을 넘어서고 있었으나 어느 한쪽도 물러서지 못하는 자존심이 걸린 싸움은 좀처럼 끝날 기미가 보이지 않았다. 생각다 못한 이랑진군이 술법을 부리기로 마음먹고 중얼중얼 주문을 외우더니 신기한 위력을 떨치며 순식간에 자신의 키를 일만 장丈으로 늘려 버렸다. 그 모습을 지켜보던 양군의 군사들이 기겁을 하여 벌벌 떨었는데 하늘로 뻗어 올라간 머리는 금방이라도 하늘을 뚫을 듯하고 금포 걸친 몸과 삼첨도는 화산華山보다 컸으며 마음속에 소용돌이치는 울분은 삭히지 못해 온몸으로 뿜어지니 얼굴색은 잿빛이요, 머리카락은 시뻘겋고, 태산을 삼킬 듯 큰 입 밖으로 뻗어 나온 칼끝 같은 송곳니는 무섭다 못해 흉악할 지경이었다. 이렇게 흉악하게 변해 버린 이랑진군은 어마어마한 삼첨도를 들어 개미보다 작아져 버린 손오공을 겨냥해 내리쩍었다.

"휘잉"

마치 거대한 태풍이 불며 하늘이 꺼져 내리듯이 날아드는 삼첨도를 본 손오공이 다급하게 몸을 피하면서 중얼중얼 주문을 외우더니 허리를 한 번 숙였다 쭉 펴자 순식간에 이랑진군과 대등한 크기로 커져 버렸다.

구름을 머리에 이고 서 있는 거대한 원숭이의 여의봉은 하늘이 주저앉을까 받쳐 놓은 기둥 같았고, 치켜 찢어져 올라간 갈고리 같은 눈이며 툭 튀어 나온 주둥이 밖으로 내뻗은 시뻘건 잇몸과 깨진 유리 같은 송곳니는 이랑의 육신을 뜯어 씹겠다고 외쳐대는 것만 같았으니, 그 흉맹한 모습이 이랑진군보다 못하겠는가!

이렇게 무섭도록 흉악하게 변한 두 신이 거대한 몸을 들썩이며 다시 한번 싸움이 붙자 이전과는 비교가 되지 않을 만큼 엄청난 광경이 벌어졌다. 쩌렁쩌렁 병기 부딪히는 소리는 천지를 찢어 놓는 것만 같았고, 옷깃에 이는 바람은 태풍으로 돌변하더니 비바람을 몰아치고 천둥번개를 내려쳤다. 태산이 갈라지고 거대한 바위들이 들썩들썩 날아다니니 기절초풍한 손씨 일가는 무기와 갑옷을 벗어 던진 채 아우성을 치며 달아나고, 십만 천군들을 서로 부둥켜안고 펑펑 울어댔다.

한편, 이 싸움에서 눈을 떼지 않고 있던 매산 육 형제는 초두신병들을 풀어 달아나는 원숭이 부대를 공격하였으니, 속수무책으로 안타까운 비명을 질러가며 창검과 화살에 찔려 죽어 나갔다. 그 광경을 본 손오공은 몹시 안타깝고 불안하여 속으로 중얼거렸다.

'다 죽는구나! 다 죽는구나! 저러다간 우리 일족의 씨가 말라 버

리겠구나. 내가 가서 도와야겠다!'

손오공이 하는 수 없이 법술을 거두고 몸을

빼 달아나자 이랑진군도 급히 법술을 거두

고 도망치는 그의 뒤를 쫓으며 소리쳤다.

"이놈의 원숭이, 어딜 도망치느냐?

당장 돌아오지 못할까!"

이랑진군이 이런저런 욕을 하며 뒤쫓는데 마음이 급한 손오공은 그러거나 말거나 뒤도 돌아보지 않고 쏜살같이 내뺐었다. 동굴 문 어귀까지 날아온 손오공은 궁지에 몰려 허둥거리는 부하들을 구하고자 여의봉을 치켜세우며 천군을 향해 달려들려고 하였다. 그러자 매산 육 형제가 군사들을 이끌고는 번개처럼 나타나 그를 에워싸더니 소리쳤다.

"이놈의 원숭이야! 순순히 죄를 빌지 못할까?"

상황이 이렇게 되자 범을 보고 놀란 토끼마냥 안절부절 못하던 손오공은 급히 여의봉을 바늘만하게 만들어 콧구멍 속으로 쑤셔 넣고는 몸을 흔들더니 순식간에 없어져 버렸다. 아차! 싶은 여섯 형제가 다급하게 주위를 살폈으나 도무지 행적을 찾을 길이 없자 분통을 터뜨리며 말했다.

"이런 맹랑한 원숭이, 다 잡은 것을 놓치고 말았구나!"

뒤이어 도착한 이랑진군이 물었다.

"그놈의 원숭이가 어디서 없어졌는가?"

"방금 여기서 그놈을 에워싸는데 순식간에 없어졌군요."

이랑진군이 두 눈을 부릅뜨고 주위를 살피기 시작하였으나 아무런 흔적이 보이지 않았다. 그러던 중 어디선가 난데없이 낄낄거리는 방정맞은 웃음소리가 들려왔다.

'이런 상황에 누가 웃고 있는 거지?'

이랑진군은 이상한 생각이 들어 웃음소리가 들려오는 곳을 바라보았다. 그러나 그곳에는 아무것도 없었고 다만 큰 소나무와 그 나뭇가지 사이에 앉아 있는 작은 참새 한 마리뿐이었다. 손오공과 마찬가지로 일흔두 가지의 변신술을 부릴 줄 아는 이랑진군은 그 나무와 참새를 수상하게 여기고 일부러 다른 곳을 두리번거리며 참새가 앉아 있는 나뭇가지 밑으로 다가가서 조용히 귀를 기울였다. 아니나 다를까! 그 참새란 놈이 나뭇가지에 천연덕스럽게 앉아서는 이랑진군과 육 형제들을 비웃으며 욕하고 있는 것이었다.

'맹랑한 놈 같으니라고!'

손오공의 변신술을 간파한 이랑진군은 순간 몸을 떨어 한 마리의 굶주린 매로 변하더니 순식간에 날아올라 날카로운 발톱을 세워 참새로 변한 손오공을 덮쳤다. 깜짝 놀란 손오공은 잽싸게 날아오르더니 푸드득 하며 커다란 가마우지로 변해 하늘 저쪽으로 내뺐다. 그것을 놓치지 않고 이랑진군도 날개를 몇 번 치더니 커다란 바다두루미로 변해선 급히 뒤쫓아 갔다. 이랑진군이 자신을 물고 늘어지며 끈질기게 뒤쫓아 오는 것을 본 손오공은 생각을 바꿔 시냇물이 있는 상공을 지나다가 그대로 곤두박질치더니 또다시 사라져 버렸다. 놓칠세라 시냇가에 뒤쫓아 온 이랑진군은 물속 이곳저곳을 살폈으나 그의 모습을 찾을 수 없자 코웃음을 치며 이런 말을 내던졌다.

"돌머리 원숭이 같으니라고, 이런 곳에서 없어졌다면 물고기나 새우 같은 것으로 둔갑해 숨어 있을 게 뻔하지 않은가? 금방 잡을 수 있겠구나!"

물고기로 변해 이랑진군의 발밑에 숨어 있던 손오공은 크게 감탄하며 중얼거렸다.

"아! 그렇겠구나……."

손오공은 즉시 그곳을 벗어나기 위해 물 흐름을 따라 거꾸로 헤엄쳐 갔다. 그런데 얼마쯤 가다 보니 저 앞에 새 한 마리가 둥실둥실 떠 있는 것이었다. 모든 것에 노심초사하고 있던 차에 손오공은 그 새도 의심스러워서 눈을 크게 뜨고 자세히 살펴보았다. 생김새는 왜가리 같은데 깃털은 푸르지 않고, 따오기를 닮은 것도 같지만 머리에 벼슬이 없으며, 황새인가 싶어 생각해 보니 다리 색이 붉지가 않았다.

번쩍! 이랑진군인 것을 알아챈 손오공이 마음이 조급해진 바람에 펄떡 뛰어올라 몸을 돌리더니 사방팔방 물을 텀벙거리며 줄행랑을 놓기 시작하였다. 잔잔하던 물에 웬 물고기 한 마리가 오두방정을 떨며 도망치는 것을 본 이랑진군은 내심 이상하게 여겨 중얼거렸다.

'저것은 잉어 같은데 왜 나를 보자 뒤돌아 도망치는 것이지? 꼬리를 보니 잉어는 아니고, 쏘가리 비슷하기는 한데 꽃무늬 비늘이 없고, 가물치 비슷하긴 한데 머리에 별무늬가 없고, 그렇다고 민물 방어로 보자니 볼따구니에 바늘이 없지 않은가? 허! 그렇다면 저 놈은 못된 원숭이인 게로구나!'

이랑진군이 쏜살같이 쫓아가자 깜짝 놀란 손오공은 '쉭!' 하고 부리로 쪼물 위로 솟구치기가 무섭게 뱀으로 변하더니

기슭에 있는 풀숲으로 숨어 버렸다. 그 모습을 놓치지 않고 있던 이랑진군이 급히 두루미로 변해 기다란 부리를 가지고 물뱀으로 변한 손오공을 찍어 먹으려 하였다. 그러자 물뱀은 공중으로 폴짝 뛰어오르더니 어느새 얼룩덜룩 기러기 비슷한 지저분한 새가 되어 시치미를 뚝 떼고 물가에 서 있는 것이었다. 이랑진군은 이미 그 새가 손오공임을 알아보고 코웃음을 치며 말하였다.

"흥! 변하고 변하다 이제는 더러운 새까지 돼 버리는군. 내 더러워서 손도 대기 싫으니 한방에 끝내 주마."

그리고는 변신술을 풀어 원래의 모습으로 돌아오더니 허리에 차고 있던 활을 끌러 화살을 재우고는 힘껏 당겨 대번에 쏘아 맞추었다.

"에고머니나!"

화살을 맞은 손오공은 언덕 아래로 굴러 떨어지는가 싶더니 어느새 토지신을 모시는 토지묘土地廟로 변해 아가리를 쩍 벌려 사당의 문으로 만들고, 이빨은 문짝으로 만들고, 혀는 보살상으로 만들고, 눈은 창문으로 만들었다. 그러나 꼬리만은 어쩔 수가 없어서 사당 뒤쪽에다 그냥 세워둔 채 깃대로 만들었다. 뒤쫓아 온 이랑진군은 얼룩덜룩한 새를 찾았으나 새는 온데간데없고 장소에 어울리지 않는 사당 하나만 덩그러니 보이자 수상스러워서 찬찬히 살펴보았다. 모든 것은 여느 사당과 다름이 없었으나 단지 깃대가 뒤에 서 있는 것을 이상하게 여긴 이랑진군은 큰 소리로 웃으며 말하였다.

"하하하, 이런 음흉한 원숭이 같으니라고! 내가 사당 안으로 들어가면 한 입에 깨물려고 그런 게냐? 그렇다면 잘됐다. 아예 주먹을 내질러 창문을 박살내고 발로 걷어차서 문짝을 부숴 버려 주지!"

그 소리를 듣자 엉큼대왕 손오공은 속이 꿈틀하여 중얼거렸다.

'와, 이 녀석 질리게도 무서운 놈인걸!'

이랑진군이 달려들자 손오공은 공중으로 뛰어올라가 형체를 감추어 버렸다. 이랑진군도 공중으로 뛰어올라 손오공을 찾았지만 그 모습이 보이지 않자 하는 수 없이 구름을 잡아타고 공중으로 올라가 조요경을 비추고 있는 탁탑천왕을 찾아갔다.

"탁탑천왕께선 달아난 원숭이놈을 보지 못하셨습니까?"

이랑진군의 말에 조요경을 사방으로 비추어 보던 탁탑천왕은 그만 웃음을 터트리고 말았다.

"허허허, 진군께선 빨리 돌아가서야겠소. 그놈이 몸을 감추는 술법을 부려 포위망을 뚫고 진군께서 사는 관강구로 달아나고 있소이다."

"이놈의 원숭이 봐라?"

어이없는 웃음을 지으며 이랑진군은 지체 없이 자신이 살고 있는 관강구로 뒤쫓아갔다.

한편, 이미 관강구에 도착한 손오공은 몸을 흔들어 둔갑술을 꾀하더니 금세 이랑진군의 모습으로 변하였다. 그리고는 뒷짐을 쥐고 태연하게 사당 안으로 들어갔다. 문을 지키고 있던 귀신 판관들과 졸개들은 멋모르고 모두 땅에 엎드려 마중하였다. 손오공은 그들의 인사를 받고 나서 사당 한 가운데 자리 잡고 앉아 사람들이 바친 공물과 소원의 내용을 뒤적였다. 이때 사당 문을 열고 졸개 하나가 허둥대며 뛰어들어 오더니 놀란 눈으로 소리쳤다.

"진군 나리께서 한 분 더 오십니다!"

그 소리에 모두가 달려나가 보니 정말 이랑진군이 또 명 있는 것이었다. 귀신 판관들과 졸개들은 기절초풍 놀라 벌어진 입을 다물지 못하고 있자, 이랑진군이 물었다.

"대성이란 놈이 이리로 오지 않았더냐?"

"그런 사람은 못 봤습니다. 하지만 다른 진군 님 한 분이 안에서 공물과 소원들을 검사하고 계십니다."

그 말을 듣자 바로 눈치를 챈 이랑진군은 단걸음에 달려 들어갔다. 공물을 뒤적거리던 손오공은 이랑진군이 들이닥치는 것을 보자 급히 몸을 털어 본 모습으로 돌아오더니 깔깔대며 조롱하였다.

"이놈아, 이 사당은 이미 우리 손씨 가문의 것이 됐으니 너는 꺼져라!"

수치스러움에 노한 이랑진군이 한달음에 달려들어 삼첨도를 내

려치자 손오공도 황급히 여의봉을 꺼내 들어 막아내니, 이내 둘은
또다시 어우러져 사력을 다한 격전을 벌였다. 관강구에서 붙어 치
고받기 시작한 싸움이 어느새 화과산까지 되돌아오고 말았다.

한편, 화과산을 지키고 있던 매산 육 형제는 손오공과 이랑진군
이 정신없이 싸우며 날아오는 것을 발견하자 일제히 날아들어 손오
공을 에워싼 채 날카로운 공격을 퍼붓기 시작하였다. 그러나 맹렬
한 공격은 있을지언정 잡아 꿇리지는 못하였으니 그만큼 손오공의
신통력이 출중하였기 때문이었다. 이 같은 하계의 싸움은 그 끝을
모르고 있었으니 하늘나라 옥황상제와 여러 신들도 몹시 궁금하여
남천문까지 몸소 나와 그 문을 열고 두 신의 싸움을 관전하기에 이
르렀다. 싸움을 지켜보던 관음보살이 태상노군에게 말하였다.

"이랑진군의 실력은 참으로 대단합니다. 비록 잡지는 못하나 보
시다시피 원숭이놈을 고전하게 하고 있으니까요. 제가 이 물병을
던져 저 원숭이의 머리를 친다면 비록 죽지는 않더라도 넘어는 질
것입니다. 그때 이랑진군에게 일러 그놈을 사로잡는 것이 어떻겠습
니까?"

"보살님의 그 보배로운 물병은 사기로 만든 것이니 혹시 자칫하
여 원숭이놈의 쇠몽둥이에라도 맞는 날이면 그 자리에서 박살이 나
고 말 것입니다. 그러니 제가 이랑진군을 돕도록 하지요."

태상노군이 소매를 걸어 올려 왼팔에 끼고 있던 동그란 쇠고리를

빼내더니 설명하였다.

"이것은 금강탁金鋼琢이라고 하는 것인데 여러 가지로 변하게 할 수도 있고, 물과 불의 침범을 거스를 수 있을 뿐만 아니라 어떤 물건이든 이 안에 모두 옭아맬 수도 있답니다. 제가 이것을 던져 저 원숭이놈을 옭아매겠습니다."

태상노군은 설명을 끝내자 손오공의 커다란 머리를 향해 쇠고리를 던졌고 싸움에 정신 팔린 손오공은 그만 쇠고리에 맞아 벌렁 나자빠졌다. 깜짝 놀란 손오공이 부리나케 팔딱 일어나더니 은신법을 써서 쏜살같이 줄행랑을 치려하였으나 병사들 속에 숨어 있던 이랑진군의 사냥개가 날카로운 이빨을 드러내며 달려들더니 허벅지를 물어뜯었고, 급기야 또다시 자빠지고만 손오공은 번개같이 달려든 초두신병들에게 어이없이 붙들리고 말았다. 간신히 그를 잡은 초두신병들은 서둘러 밧줄로 꽁꽁 묶어 놓고 두 개의 매 발톱 같은 갈고리를 들어 어깨뼈를 꿰뚫어 버림으로써 둔갑술을 쓰지 못하게 만들어 버렸다. 이때부터 손오공은 개를 미워하고 개는 원숭이를 미워하니, '견원지간' 이란 옛말은 이 일 때문이었다.

하여튼 벅차고 길고 힘든 싸움의 종지부를 찍게 된 십만 천병들과 하늘 신장들은 '뿜빠뿜빠' 개가凱歌를 울리며 하늘로 돌아왔고, 태상노군도 쇠고리를 거두어 옥황상제를 비롯한 일행과 함께 영소보전으로 돌아왔다. 하늘로 돌아온 신들은 손오공을 통명전으로 끌고 갔고 이어 옥황상제가 여러 신들과 함께 통명전으로 나왔다. 병사들에 이끌려 무릎을 꿇은 손오공에게 남두성이 나서서 죄상을 낱낱이 읊어 주었다.

"제천대성 손오공은 들어라! 그대는 신성한 반도연회를 망쳐 놓고 신성한 단약까지 도둑질했으니 이는 맡은 바 책무를 다하지 못한 죄에 해당할 것이요, 제천대성의 관직에 있으면서 높고 낮음을 구분 짓지 못해 체통을 떨어뜨린 것은 폐하의 권위를 잃게 만든 죄에 해당할 것이며, 이런 죄를 모면키 위해 화과산으로 도주하여 요괴들을 일으킴으로써 하늘에 맞선 일은 역모에 해당할 것이니, 이 모든 죄를 물어 제천대성 손오공을 능지처참凌遲處斬에 처함이 마땅할 것이로다."

죽인다는 말을 듣자 속이 뜨끔해진 손오공은 커다랗게 눈을 뜨며 호들갑스럽게 소리쳤다.

"안 돼, 안 돼! 나를 죽이면 안 돼!"

옥황상제가 준엄한 목소리로 물었다.

"이놈아! 죄지은 놈을 죽이는 것이 당연한 것인데 뭐가 안 된단 말이냐?"

손오공은 정신없이 눈을 굴려대며 생각을 하더니 이내 큰 소리로 웃으며 대꾸 하였다.

"나를 죽이면 당신들은 무고한 사람을 죽인 살인자가 되는 것이란 말이야! 만약 그 모든 죄를 묻고 싶거든 하늘에게 물어야 한단 말이지! 어째서 모두 내게 누명을 씌우려 하느냐? 서왕모의 연회와 태상노군의 단약을 훔쳐 먹은 것은 내 타고난 성품 때문이니 그렇게 나를 만든 하늘을 탓해야 할 것이고. 사람들과 상하의 구분 없이 지내는 것 또한 내 성품이니 권위를 내세우며 거들먹거리는 짓을 못하기 때문이다. 체통이란 것은 내가 맡은 일에 있어 탁월한 능력을 보여 주면 아랫사람으로 하여금 자연히 존경을 받아 생기는 것. 굳이 사람과 사람 사이에 높고 낮음을 경계로 만들 필요는 없다고 생각하기 때문이지! 그러니 그것도 이 몸을 그렇게 만들어 내보낸 하늘을 탓해야 할 것이야! 마지막으로 역모를 꾀했다 하는 것은 정의를 실현하기 위해 그랬던 것이다. 하늘의 순리가 죄를 지으면 죄를 받고 선을 행하면 복을 내리는 것이 이치라 알고 있다. 나는 열심히 하늘의 도를 닦아 큰 능력을 얻었음에도 불구하고 그만한 대가를 받지 못했다. 처음엔 필마온 따위로 써먹더니 두 번째는 마지못해 제천대성이란 자리를 주었지. 이미 옥제 영감이 있는데도 말이다. 그러니 그건 이 어르신을 속이기 위해 애초부터 잘못 내린 명패뿐인 거짓 관직 아니었느냐? 진정 제천대성의 관직을 주고자 했다면 옥제 영감이 물러나고 그 모든 직무를 내게 일임했어야 할 것이 아니냔 말이다. 그래서 이 몸은 정당하게 노력해도 합당함을 얻지 못하는 것에 대해 회의를 느꼈고 불편한 마음을 가지고 있었다. 그러던 중에 이 어르신의 성품이 앞서 말한 여러 가지 죄들을 빚어 냈지. 이 몸은 그 죄를 기회 삼아 옥제 영감과 너희들에게 정의가 무엇이고 너희들이 잃어 버렸던 하늘의 뜻을 가르쳐 주려 한 것이니 도리어 이 몸에게 고마워해야 할 게 아니냐?”

이에 옥황상제는 잠시 동안 깊은 상념에 잠겼다. 그 이유는 동쪽 하늘이 오랜 세월을 흘러왔기에 지금처럼 손오공과 같은 인재가 나와도 더 이상 내려 줄 벼슬 자리가 없기 때문이었다. 이에 새로운 대안을 마련치 못하면 언제고 손오공과 같이 하늘을 원망하는 자들이 반복해서 나게 될 것이기 때문이었다. 허나 그보다 앞서 걱정되는 것은 하계의 인간 세상인데 하늘세계의 법도는 하계의 인간들 세상에도 똑같이 적용되니 이런 영향이 인간 세상에도 미쳐 인내와 순응은 모르고 자신의 능력만 과신하며 하늘을 원망하고 사람을 미워하는 형국이 생길 것을 크게 걱정했던 것이었다. 옥황상제는 모든 상념을 접고 자신의 눈치를 살피는 손오공을 바라보며 말하였다.

“손오공. 너는 생명을 다스림에 선과 자비가 으뜸인 것을 깨닫지 못하고 자신의 잔재주만 자신하여 욕심만 앞서니 결국 요망 난 신선이라 하겠다. 허나 이 모든 것 또한 하늘의 뜻이니 어찌하겠는가? 다만 하늘의 법은 정직한 것! 안타깝지만 법에 따라 너를 형벌에 처해야 하겠다.”

옥황상제는 즉시 남두성에게 분부를 내렸다.

"손오공을 처형하라!"

옥황상제가 분부를 내리고는 영소전으로 돌아가니 남두성은 병사들에게 명령하여 손오공을 참요대斬妖臺로 끌고 가게 하였다. 병사들이 손오공을 번쩍 들어올리니 혼비백산 놀란 손오공은 버둥버둥 발버둥을 치며 떠나는 옥황상제를 향해 소리쳤다.

"아이고! 이놈의 영감탱이야. 이 어르신을 죽이면 안돼! 안돼! 나는 하늘과 같이 죽어야 되는 게 이치다! 내 말을 안 믿다니 두고 보자. 가만 안 두겠다! 아이고!"

이로써 하늘을 얕잡아보고 농락하다가 사지가 찢겨 나가는 벌을 받게 될 처지에 놓인 영웅호걸의 기백도 결국에는 끝장나는 판이 되고 말았다.

장차 손오공의 운명이 어떻게 될지는 아직 알 수 없으니 이에 대해서는 하회를 보라.

천축기 1

초판1쇄 2006년 8월 1일

지은이_장용호, 이상호
펴낸이_최용철
펴낸곳_두리미디어

책임편집_김지예
기획편집_편집장 한정희, 홍다휘
마케팅_팀장 김현호, 최윤도, 이상현
디자인_송지은, 변영은
관리_정승연

등록번호_제 10-1718
등록일_1989년 2월 10일

주소_서울시 마포구 서교동 369-25
전화_02)338-7733
팩스_02)335-7849

홈페이지_ www.durimedia.co.kr
전자우편_ durimedia@hanmail.net

ⓒ장용호·이상호 2006, Printed in Korea

ISBN 89-7715-151-1 04810
ISBN 89-7715-153-8 (세트)

값 9,000원

*파본이나 잘못된 책이 있으면 교환해 드립니다.